JN088742

朝霞月子
Tsukiko Asaka

本川弥尋（18）

私立杏林館高校三年生、生徒会書記
三兄弟の末っ子、近所で評判の美少年
明るく素直で甘いものが好き
三木と養子縁組で結婚した

三木隆嗣（29）

美丈夫なエリート会社員
生真面目で一見近寄りがたいタイプ
養子に迎える形で弥尋と結婚
弥尋を溺愛しており独占欲が強め

拝啓、僕の旦那様

—溺愛夫と幼妻のはじめて日記—

A boy meets A man.

Sweet & Comedey & Love

まだ荒い息遣いが残る夫婦の寝室。三木はゆっくりと体を起こしながら、汗でしっとり濡れた弥尋の髪の毛を額の上の方へと払いのけた。

形のよい額が露わになると、少し幼く感じられるが、放つ色香は子供のそれではなく、肌を合わせ、体を繋げることを知っている大人のもの。薔薇色に染まった頬、体中に点々と残る口付けの痕、白く柔らかい肌の滑らかさや舌触り、弾力。結婚以来幾度体を重ねても、三木が施す愛撫に初々しい反応を示す肢体。

そんな閨房でのすべてを知っているのが自分だけだと思うと、三木の頬も緩む。銜え込み、挟みつける箇所のきつさと熱さも、その時に出す声も何もかもが三木を魅了する。

どれほど愛しても愛し足りないほど、愛しい存在。


「弥尋」

愛情の籠った眼差しが、瞼を閉じて情事後特有の少しの気だるさに身を委ねている弥尋の上に存分に降り注ぐ。

「――隆嗣さん？」

じっと見られていることに気づいた弥尋がゆっくり瞼を上げると、三木はふわりと微笑んでむき出しになっている額に口付けを落とした。そうして体を動かすと、繋がっていた箇所からずるりと三木のものが抜け落ち、出て行く時にくびれの部分に襞を擦られて、瞬間的に弥尋は小さく「ん……」と声を漏らした。

散々突き上げられ、擦られた部位は、僅かな刺激にもまだ敏感に反応してしまうのだ。そんな弥尋の頬を宥めるように掌でひと撫でした三木が、つけていたコンドームを外し、手早く処理を済ませ隣に身を横たえると、すぐに弥尋がぴたりと寄り添った。

「体は大丈夫か？」

「ん、平気」

だって二回しかイッてないし……と、口の中で小さく呟く弥尋に、三木はくすりと笑った。

「奥様が御所望ならまだまだいけますが？」

「ええっ!?　いえ、今日はもう十分です。十分……その、満足してるから」

「そうか。満足してるのか」

「隆嗣さんは違うの？」

「まさか。いつだって幸せの絶頂気分を味わわせてもらってる」

「同じだね、俺と」

　二人は顔を見合わせ、唇を合わせた。

　まだまだ新婚生活だからとか、そんな理由などなくても、二人でいればいつでも幸せを感じていられる。一年後、二年後、十年後も五十年後もずっとこうして二人で仲良く過ごしている未来を当たり前のように思い描けるくらいに。


　実は今日はまだ週末ではない。普段なら、体を重ねるのは学校や会社が休みの前日、金曜や土曜なのだが、たまにどちらからともなく触れたくなることもあり、今日も一緒に並んでテレビを見ているうちに、あれよあれよという間にセックスになだれ込んでしまったというわけだ。

　ちなみに、その時見ていたのは世界中にあるミステリースポットを紹介する特番で、特に色気を感じさせるようなものではなかったのだが、あまりにも弥尋が熱心に見ていることに嫉妬と悪戯心を芽生えさせた三木が、あの手この手で自分の方に注意を向けようと画策。

　弥尋を背後から抱え込む形でテレビを見ながらさわさわと微妙なラインで手を動かし、最初は「ダメ」と叱っていた弥尋も、際どい箇所を何度も撫でられれば意識はそちらに向いてしまうというわけで、そのままソファで一回、寝室に場所を移動して一回というわけである。

　途中放棄の形になった特番を、後から見ることが出来るようにと録画設定していたのも三木に軍配が上がる要因になったと思われる。

「何か飲むか？」

「ありがと。でも、もうこのまま眠ってしまえそうな感じだからいらない」

　時刻は午後十一時の少し前、いつもより少し早めの就寝だが、明日も学校があることを思えば体力を回復させるためにも早く眠って十分に睡眠を取った方がよいのは確かだ。

　挿入するより受け入れる側の方が、体の構造上、体力を使って無理な姿勢を強いられるのはわかっているのだが、いつもセーブしようと思いながらいつの間にか弥尋にのめり込んでしまう三木は、毎回のように反省し、「次こそは」と決意するのだが、なかなか教訓として活かされてはいない。

　とは言え、初々しいながら弥尋も三木とのセックスには慣れてきており、最初の頃のように疲れを覚えることは滅多にない。キスやスキンシップはもう日常茶飯事で、三木と触れ合うことは、それがキスだろうが指きりげんまんだろうがセックスだろうが、心地よいのだから拒否するなんて気持ちはどこにもないのだ。

「裸のままだけどいいか？」

　寄り添う二人は一糸纏わぬ裸体である。寒さは和らいだとはいえ、暑いというほどの季節ではない。密着する肌の温度、人肌がちょうどぬくぬくと気持ちよく思えるくらいである。

　そのまま一緒にベッドの中に潜り込んでしまった三木は、

「たまにはこういうのも悪くない」

と、裸のまま眠ることを提案した。

「風邪引きませんか？」

「くっついていれば大丈夫だろう。掛け布団もある」

「ん」

それなら、と弥尋はもぞもぞと三木の胸に顔を埋(うず)めるようにして擦り寄り、掛け布団の中に潜り込んだ。

そして三木の胸に顔を寄せたまま、

「……おやすみなさい」

「おやすみ」

気持ちよい余韻を纏ったままの弥尋は、すぐにスウスウと軽やかな寝息を立て始めた。肌の上を滑る振動を通してそれを感じながら、三木も瞼を閉じる。

「おやすみ、弥尋君」

目覚めた朝、裸のまま抱き締めて眠る弥尋を真横に感じながら、何も出来ない平日の朝を少しだけ残念に思いながら。


「髪の毛、切りに行こうかな」

そう弥尋が切り出したのは、いつものように軽くトーストとサラダで朝食を取っている最中だった。

弥尋は目の半分を少し越えたあたりまで伸びている前髪を指で引っ張りながら、鬱陶(うっとう)しくてたまらないと口を尖(とが)らせた。

「切るほど長くはないんじゃないか？」

「と第三者は思うかもしれないけど、微妙に重くなってるんです、これが。先週まではまだましだったのに……」

普段から前髪は下ろしている弥尋なので、極端に長かったり短かったりでもない限り、そこまで変化らしい変化はないのだが、本人にとってみればかなり由々しき事態とも言える。

「前髪が重いと頭皮が引っ張られる感じで、頭が痛くなるんです。それに汗で濡れると張り付いちゃって暑苦しいし……」

さらさらで艶やかな髪質は、弥尋本人のまっすぐな気性をそのままよく表している。セックスの時、三木がかき上げてくれる仕草はとても好きなのだが、汗で濡れた髪が邪魔で気になって、時々三木に集中するのを邪魔することもあるのだ。

「うん、やっぱり切りに行こう」

相談するというよりは、もう切りに行くと決めてしまった弥尋に、三木は心の中で弥尋らしいと小さく笑った。

変に人に判断を委ねることなく、自分の意志でこうしようああしようと決めて動くところは、弥尋の好ましい面でもある。行くか行かないかを相談されれば、三木もちゃんと考えて答えるが、こうして自分で決めることの方が弥尋は多い。

「いつもどこでカットしてるんだ？」

「家の——本川の実家の近所の床屋さん。幼稚園の頃からずっとお付き合いしてるから長いんですよ」

どこで切っているとかと問われて弥尋は、三木と暮らすようになってからまだ一度も髪を切っていないことに思い当たった。最後に切ったのは、三月に入ってすぐの頃。あの時も衝動的に重く感じて、思い立ったその足で切りに行ったのだった。

「俺はそこで切るんだけど、皆は学校のすぐ前にあるカットハウスで切ることが多いみたい」

杏林館高校の生徒で経営が成り立っていると言っても過言ではないその店は、正門の正面にあるという好条件を活かして、日々男子生徒たちを相手にハサミの威力を発揮している。

技術的なところで言えば、中の中、まあ平均的でよくもなく悪くもなく……という感じなのだが、最大の魅力は料金にあった。簡単なカットだけなら千円。少し捻った髪型でも二千円以内に収まるとあって、財布事情が厳しい高校生にはかなり重宝される床屋なのだ。

だからではないが、パーマやカラーを含め、決して流行りの髪型はなく、カットの種類も多くない。丸刈りかスポーツ刈り、あとは短く揃えるだけの簡単なカット。前記三つの髪型を、客の要望に合わせて多少メリハリをつけながらバリエーションを増やすだけ。だがそれでも需要は多かった。

　頻繁に髪の毛を切る必要のある学生たちには、安さが何よりも一番なのだ。そして生徒たちも、床屋の夫婦には難しい注文をしたり、それ以上のことを求めたりはしない。お洒落な髪型をしたければ、雑誌の切り抜きを持って少し離れた都心にある男女兼用オシャレな美容室に行けば、いくらだって今流行りの髪型にしてくれるのだ。

　髪型やお洒落にこだわりがあり、尚且つ財布の中身が豊かな生徒は、実際、WEBサイトやタウン情報誌、ファッション誌に掲載されているような店を利用している。

　反対に、体育系クラブに入っている生徒のほとんどはその近所の床屋を利用していると言っても過言ではなく、カットする頻度等を考えれば費用も安く済むということもあって、それなりに好みで棲み分けが出来ているようだ。

「面倒だからそっちで済ませてもいいかなあ」

　フォークに刺したキュウリを口に運びながら弥尋が口にすれば、三木はぎょっとしたように眉間に皺を寄せた。

「まさか弥尋君、丸刈りにするつもりじゃないだろうな」

　それだけは絶対に許さないぞ！　の気迫が込められた低い声に、弥尋は目を丸くして、それからぷっと小さく吹き出した。

「するわけないじゃないですか。今更丸刈りなんて。長くなり過ぎた分をちょっと切ってもらうだけ。せいぜい一センチか二センチくらいですよ」

「そうか。それならいいんだが……」

「隆嗣さん、俺の丸刈り想像してしまった？」

ふと逸らされた目が回答だ。

「どんな髪型してても俺は俺だよ」

「それはわかっているんだが」

なかなか極端な変化にはついていけないものがある。

そんな困った表情を浮かべる三木へ、弥尋は目を細めてニコニコと言った。

「でも俺、中学校の一年生の頃は丸刈りだったんですよ。三年生の始め頃まで短くて、今くらいまで伸ばし出したのはその後からだから」

「丸刈り？　弥尋君が？」

「はいそうです。小学校から中学校に上がる時って、同級生とかみんな大体そんな感じだったんです、うちの校区は。運動部は坊主やスポーツ刈りが決まりだったから、長いのは部活に入ってない生徒か文化部だって、見てすぐわかるくらいに」

「弥尋君も運動部だったのか？」

これには弥尋は首を振った。

「ううん違う。でも短いと手入れが楽でしょう？　だからついつい……隆嗣さん？」

なぜか眉間に皺を作っている三木に、短髪は不精が理由だったと呆れられたのかなと心配になった弥尋だったのだが、

「──見てみたい」

「は？」

「写真はあるんだろう？　小さな頃の弥尋君を見てみたい。その、丸刈りの弥尋君も含めて」

「……隆嗣さん……」

思わずまじまじと見つめてしまった弥尋に、三木は少しばつが悪げに肩を竦め、しかし真面目な顔で言った。

「私の知らない弥尋君を見てみたい」

何というのか、いろいろな弥尋を知りたいと申告されて嬉しいのと同時に、

（反則だよ隆嗣さん）

完全な口説き文句である。好き合ってすでに結婚している二人なので、正確には口説かれているわけではないのだろうが、三木のハンサムな顔で真顔でじっと見つめられれば、心臓はドキドキと速い鼓動を刻む。

（これ以上惚れ直させてどうするの）

　コーンを口に運ぶ途中で固まったままの弥尋の頬は、サラダの中のミニトマトと同じくらい真っ赤になってしまっていた。

「駄目か？」

「そんなことない。駄目なんて、そんなこと言わないよ」

　思いきりぶんっと首を横に振った弥尋は、まだ少し高鳴る胸を落ち着かせながら、フォークを置いて笑いかけた。

「その代わり、俺にも隆嗣さんの写真を見せてくださいね」

「私のも、か？」

オニオンスープを口にしかけていた三木は苦笑した。

「勿論。俺のだけ見て自分のは見せないなんて、ずるいこと言わないですよね。だって」

　弥尋はふふと目を細めた。

「俺の知らない隆嗣さんを見てみたいんだから」

「そう来たか。だが面白味も何ともないぞ？」

「大丈夫。面白さは別に求めてないから」

　先日まで少しの間居候していた三木の妹、芽衣子から聞いた昔話によると、三木は本当に絵に描いたような真面目少年で、

「一言で言ったら地味？　見た目は全然地味っていうわけじゃないのに、印象が地味なのよ。隆嗣兄さんだけじゃなくてみんな」

　芽衣子以外の三木の兄弟三人は、決して容姿が地味なわけではないらしい。タイプこそ違え、整った容貌は女性たちを虜にし、街を歩けばそれなりに視線を集めるだけのものを兼ね備えている。

にも拘らず、「地味」と言われる所以は、妹且つ姉でもある芽衣子に言わせれば、性格にあるとしか言いようがないらしい。

派手さとは無縁、生活は資産家の子息でありながら趣味に費やすわけでも遊興に耽って散財するわけでもない。自分の容姿に自覚はあっても無頓着。というよりも、他人の目などあまり気にしないマイペースと言い換えた方が適切だろう。

それでも華やかな雰囲気を持つ三木の上の兄と違って、三木は本当に堅いのだ。頭もよく、判断力や洞察力に優れ、行動力もあるのだが、気真面目で真摯過ぎて、三木の祖父に言わせれば「面白味のない男」になる。

(でもそんなところも可愛いんだけどね)

真面目過ぎて煮詰まってしまうところも、あまり変えない表情の中で、弥尋の一言一言にそれはもう「真面目に」反応を示すところも、何もかもが愛しい。三木が示してくれる誠実な愛情は、弥尋を幸せというベールでたっぷりと包んでくれている。これを幸福だと言わずに何と言おうか。

真面目で結構。誠実なのが一番だ。

「じゃあ今度、二人でアルバムを見せ合いっこしましょうね。実家に置いたままだから持って来なくちゃいけないけど」

本川の家で一緒に見るという選択肢は弥尋の中にはなかった。両親や兄たちと幼少時の逸話を肴にして和気藹々と眺めるのも楽しいのかもしれないが、最初はやはり二人だけで知らない自分たちと知り合って、思い出を共有したいからだ。

「隆嗣さんのアルバムは?」

「私のも実家だ」

「それなら」

ちょうどいいですね、と弥尋は笑顔になる。

「今度の土曜日に隆嗣さんの実家に行くでしょう?

その時に一緒に持って帰って来ればいいから」

しかし、土曜日と聞いた三木の顔は憮然としたものになる。

その原因は三木の父親の度重なる催促にあった。私用のスマホは着信を拒否に設定しているせいで、会社に掛けて来る始末。

「早く嫁に会わせろ！」

散々電話口で喚かれ、部下には電話を取り次ぐなと命じたのはよいが、埒が明かないと見るや父親は、用事が出来たというのを口実に会社にまで押し掛けて来る始末。

中国への出張中に生じた、妹の芽衣子の家出騒動に巻き込まれたせいで減ってしまった弥尋との甘い時間を邪魔されてたまるものかと、頑なに父の要望を無視していた三木も、弥尋本人から「まだお義父さんには会えないんですか？」と訊かれてしまえば、これ以上引き延ばしをするわけにもいかず、今週末の土曜日に、不本意ながら実家に顔を見せに行くことになったのだ。

「顔だけ見せて帰るから長居はしないぞ」

「え？　でもお義父さん、一緒にお昼ご飯食べようって言ってましたよ？」

「言ってました……？」

三木の声が低くなる。

「弥尋」

弥尋はぴんと背筋を伸ばした。

「は、はい？」

「一つ質問があるんだがいいか？」

「……なんとなく想像つくけど、どうぞ？」

「君はいつ、父と話をしたんだ？　私はその話は聞いていないぞ」

「ええとですね、隆嗣さんの実家に行くって聞いた次の日。夕方お義父さんから電話が掛かって来て、その時に」

弥尋はチッという舌打ちの音を聞いた気がした。

「知らない番号から掛かって来た電話は取ってはいけないと言っているだろう?」

三木家の固定電話には、必要な場所と人物の電話番号がすべて登録されている。着信があれば誰から掛かって来たのか、ひと目でわかるようになっており、弥尋が一人で家にいる時には基本的に取らないようにと注意もしている。

電話一本と侮ることなかれ。昨今は何が起こるかわからない。

(弥尋君の後を付け回すストーカーが電話番号を入手して変な電話を掛けて来ないとも限らないからな)

すべては弥尋のため。弥尋の安全第一を至上主義とする三木なりの配慮である。

「でも」

弥尋は小首を傾げ、三木を見つめた。

「お祖父さんの家の番号だったから出てもいいかなって思って」

今、三木は確かに苦虫を嚙み潰していた。

(父さんのやつ……)

三木は心の中で父親に対して悪態をついた。弥尋が聞けば目を丸くして驚くに違いないほどに。

弥尋を気に入ってくれるのは大歓迎だ。同性でもある自分の妻を快く認めてくれる家族が世間的には決して多くはないことを知っていれば尚更。しかし、認めてくれることと弥尋を構い倒そうと手ぐすねを引いて待っているのとはまた違う。あくまで弥尋は三木の妻であり、父親の妻ではないのだ。

可愛い嫁には違いないだろうが、夫である自分に何の断りもなく勝手にアポイントメントを取り付けたことに対して、三木はそれはもう腹が立って仕方がない。

しかし三木の父親にも言い分はある。同居当初から早く連れて来てくれと頼み込んでいたにも拘らず、なんだかんだと理由をつけて引き延ばされ、挙句の果てが「三木屋の社長からの電話は取り次ぐな」と会社でも部下に命じられていれば、息子の方とは連絡の取りようもない。

　携帯電話の番号は真っ先に着信拒否に設定され、自宅の電話も同様。秘書の私用のスマホを借りて電話をしても同じく拒否。

「私に何かあった時どうするんだ！」

　三木屋の社長室で憤慨する父親の八つ当たりを受けていた秘書と、副社長の三木の兄こそよい迷惑だったことだろう。

　三木の祖父母、つまり自分の両親に先を越され、彼らからどんなに弥尋が素直でよい子だったかを自慢げに聞かされるにつれ、恋しさ——もとい会いたさは募るばかり。

　そんな中、アメリカに嫁いだ娘、芽衣子が里帰りした先々週、

「おばあちゃんの家の電話からだったら繋がるんじゃないの？　弥尋君、仲良く喋ってたみたいよ」

　目から鱗だった。三木清蔵、五十七歳。娘にこれほど感謝したことはない。いつの世でも、義父は嫁に甘いものなのだ。たとえ妻や娘に生ぬるい目で見られていようとも。

　しかし、吉祥寺から掛けたとしても息子隆嗣が在宅している時では邪魔される可能性がある。息子が妻を溺愛しているのは、自分に対する態度からも丸判りだからだ。

　そのため、森乃家本店に行くついでにと日中に吉祥寺に寄り、新婚家庭にドキドキしながら電話を掛ける。勿論息子の新住所——可愛い嫁が住む家の電話番号は登録などせずとも頭の中に叩き込んでいる。

「はい、三木です」

　電話越しに聞いた初めての嫁の声。着信ボイスに録っておきたかったと言えば、流石に弥尋も引いたに違いない。

　そうやって、三木が帰宅するまでの短い時間に交わ

した弥尋との約束は、清蔵の中では初対面までの数日を耐えさせるに十分な効果を発揮していた。

――。

「……だからか、最近会社の方に電話が掛かって来ないと思った」

今度こそと念を押されながら、諸事情からドタキャンが相次いだ父親と弥尋との対面があるせいか、きっと当日の朝まで念を押す電話が掛け続けられるだろうと考えていたのに、それが約束を取り付けた翌日からぱったりなくなったので不思議だったのだ。

「弥尋君と約束をしたのならそうなる、か」

三木が顔を見せて挨拶だけで帰ると言っても、食事の用意までされていては弥尋の側が早々に辞去することを遠慮してしまうだろう。それを見越して、先に弥尋に約束を取り付けた父親の手腕――これを手腕と言ってよいのか甚だ疑問だが――には、一本取られた形になってしまった。

「勝手にお義父さんと約束してしまって駄目だった？　もしそうなら、俺からお断りの電話を入れるけど……」

三木の難しい顔に、弥尋の表情が曇る。勝手に都合を決めてしまって、もしかすると実家を訪問したその後で他に何か用事があったのかもしれないと思うと、申し訳なさでいっぱいになってしまったのだ。

「隆嗣さんに予定があるなら、そっちを優先していいから。お義父さんにはたくさん謝って許してもらうようにするね？」

そんな風に、自分を最優先に考えてくれる弥尋の心配げな声音に、三木の表情から険が落ちる。

「大丈夫。特に予定は入れていないから、昼食くらいは一緒に取っても大丈夫だ」

約束を反故にさせてしまうのは、弥尋にとってマイナスの評価にしかなり得ず、三木は父の思惑通り、昼食まで共にすることを渋々了承するより他なかった。

「そう？　だったらいいけど。隆嗣さん、嫌そうな顔してたから」

「悪かった。休日は二人だけの時間を長く欲しいと思っている我儘者なんだ、私は」

弥尋の顔にぽっと火が点ったのは言うまでもない。

「俺だって一緒だよ。隆嗣さんと一緒にいたいんだからね」

食べ終えた食器をまとめて横に並んだ弥尋に、「わかってる」と三木は笑って頭の上に手を乗せた。

「だから仕方なく土曜は実家に行くことにしたんだ」

「仕方なくって……。俺はやっと隆嗣さんのお父さんとお母さんに会えて嬉しいのに」

「母はいいんだ。ちゃんと節度を持っている人だから。だが父は……お祖父さんそっくりだからな。弥尋君に甘い」

困ったと溜息をつく三木を見上げ、弥尋はにっこりと笑い、夫へ言った。

「隆嗣さんが言っても説得力ないですよ」

だって一番甘やかしてるのは隆嗣さんなんだから。

三木は「ああ」と頷き、見上げる弥尋の唇に自分の唇を重ねた。軽く触れるだけですぐに離れた唇を目で追いながら、弥尋は言う。

「大丈夫。誰がどんなに俺のことを好きになってくれたとしても、俺の一番は隆嗣さんしかいないから」

「それはとっても光栄だ」

三木の目が見開かれ、そしてすぐに破顔した。

「それで結局、いつ髪を切りに行くんだ？」

「土曜日に隆嗣さんの実家に行くなら、その前までには切っていたいから、水曜日か木曜日くらい」

「予約は入れなくていいのか？」

「いつも行ってたところだし大丈夫。そんなに忙しい店でもないんだよ。おばさんも手伝うけど、基本的におじさんが一人で仕切ってるだけの本当に小さな店なんだから」

だが他に客がいれば暫く待つことになる。何しろカットするのが店主一人しかいないのだから、いつもは客がいないからといって、弥尋が行った時にも絶対にいないとは限らないのだ。

「予約を入れて行ったらどうだ？」

「予約なんてしたことないからあるのかどうかわからないけど……。一応家に電話して母さんに聞いてみる」

本川の近所の床屋は本川家の男全員が世話になっているため、連絡先は電話台の傍に置かれていたはずだ。まだパートに出掛ける時間にはなっていないからと、制服に着替え終えた弥尋は、三木の用意が整うまでの間に実家へ電話した。

「あ、母さん？　俺、弥尋。あのさ、床屋さんの電話番号わかる？　明日か明後日に髪の毛切りに行こうと思って。――え？　嘘？　それ本当？　――ああ、だったらいいや。うん、来月じゃちょっと間に合わないし、伸び過ぎてしまうから。うん、また今度遊びに行くね。兄ちゃんたちにも言っといて。じゃあ」

「どうかしたのか？」

鞄を持ち、きっちりとスーツを着て横に立つ三木に上から覗き込まれた弥尋は、「困った」と眉を下げた。

「いつも行ってる床屋さん、リニューアルするんで五月の末頃まで休業なんだって。近所の常連さんにはお知らせが回ってたらしいんだけど」

今は近所に住んでいない弥尋には知る術がない。実家の兄たちも、弥尋がいつ髪を切りに来るのか知っていれば教えただろうが、いくら弟を溺愛していると言っても、流石に散髪の日程を予想できるほど千里眼ではない。

弥尋は伸びた前髪を指でつまんで引っ張った。せっかく切ろうと思い立ったというのに出鼻を挫かれた形になって、収まりが悪いことこの上ない。出来なくなれば余計にやりたくなるもので、何としてでも髪の毛を切ってやるぞーという気持ちが、むくむくと育ってくる。

「仕方がないなあ……。杏子のところで切ってもらうしかないのかな？」

何気ない弥尋の発言だったのだが、

「キョウコ？」

固有名詞に反応したのは言わずもがな、三木である。鞄をカウンターテーブルの上に置き、弥尋の肩をむんずと摑む。

「弥尋君、杏子とは一体誰なんだ？　髪を切ってもらうような仲の誰かがいるということなのか？　私の知らない誰かに切らせるくらいなら、下手でも私が……」

今すぐハサミを手にチョキチョキやり出しそうな三木の気配を察した弥尋は、慌てて顔を横に振りながら、三木の腕を摑んで揺すった。

「待って！　待って隆嗣さん！　誤解だから！　髪の毛を切ってくれるような、そんな特別な関係の人はいないから！」

「……そうなのか？」

「そうなんです。もうっ、隆嗣さんはすぐ勝手に想像して暗くなっちゃうんだから……。少し考えたらわかるでしょう？　俺のどこにそんな暇があるっていうんですか。さっきも言ったでしょう？　隆嗣さんといられる時間はとっても大事なんだから、他の人と過ごすはずがない。それとも疑ってたの？」

「疑ってはいない。疑ってはいないんだが、もしも髪を切らせるくらい仲の良い女友達がいたのならと……。すまなかった」

「隆嗣さんはもっと自信たっぷりでいいのに」

そうして、三木の腕を引いて少し前屈みにさせると、降りて来た頰に口付けた。

「杏子っていうのは、さっき話した学校のすぐ目の前にある理容店の名前。奥さんだか、初恋の人だかの名前をつけたんじゃないかって噂されてて、でも本当は杏林館高校の生徒——子供たちの髪の毛を切る店っていうのが由来になったって店のことだよ」

「理容店の名前だったのか……」

「カットハウス杏子っていうのが正式名称なんだけど、長いから誰も呼ばないんだ」

見るからに安堵(あんど)した三木の様子に弥尋はくすくす笑いを隠さない。

「ホントにあわてんぼさんなんだから、隆嗣さんは。大丈夫。俺には隆嗣さんだけだよ」

「そうか。ありがとう、弥尋君」

「どういたしまして。だからどっしり構えてて」

「わかった。それで、そのカットハウス杏子は上手(うま)いのか？」

この問いに弥尋は、うーんと首を捻った。

「どうなんだろう、上手っていうか、可もなく不可もなくじゃないかな」

実家近所の理容店が休業中ならそこに行くしかないのだが、果たして杏子の店主の腕前はと尋ねられれば首を傾げてしまう。弥尋はカットハウス杏子を利用した経験がない上に、髪を切る生徒がかなり短めの髪型のため、短くて気持ちよさそうだなと単純に感想を持っても、上手とか下手を議論する余地が残されていないのだ。判断のつけようがない。

「少し短く切るだけだから別に大丈夫だと思うけど」

流行りの髪型や少しお洒落な髪型を追求するなら別だが、弥尋は今の髪型を変える気はない。だからほんの数センチ、短く切り揃えるだけでいいのだ。いくらなんでも極端な失敗をされることはないだろう。

だが、三木にとっては大事な大事な妻のこと。安易に任せられないという気持ちも働く。

「弥尋君、少し待ってくれないか。髪を切るのが今日明日でなくてもいいのなら、私が安心して任せられる店で切って欲しい」

「隆嗣さんが安心して任せられる店？」

「知り合いに美容師がいる。予約制だから空いているかどうか確認しなくてはいけないんだが……」

「へえ、そんな知り合いがいたんだ。なんか意外」

「意外か？」

「うん。上田さんみたいに弁護士の知り合いや株を扱ってる知り合いはいても、芸能関係っぽい人と接点なさそうだから。あ、でも、カメラマンの知り合いはいたっけ」

　新婚の二人の記念写真を撮ってくれたのが、割と有名なカメラマンだと思い出す。となれば、三木の交友関係は弥尋が思っているより広く、職種も多岐に亘っているのかもしれない。

「別にいいですよ、その店で。どうせ月曜日は杏子も休みだし、お義父さんたちに会う前にちゃんとした髪の毛になってればいいんだから。でも予約が必要なんでしょう？　取れますか？」

「今日すぐに、店が開いたくらいに電話して確認しておく。そこに切りに行くとして、平日だから予約は夕方でいいか？」

「別に特別な用事が入ってるわけじゃないから、授業が終わってからの移動を考えて、五時半……余裕を持って六時だったら確実に大丈夫だと思う。学校から遠い？」

「いや、そう遠いわけじゃないが、少し距離はあるかもしれないな。極力遅い時間は避けて予約を入れるようにする」

「もしお店が予約がいっぱいで駄目だったら、杏子に行かなきゃいけないけど、予約が大丈夫だったら金曜日でお願いしていいですか？」

「わかった。たぶん、金曜の夕方で大丈夫だと思う」

「お願いするね」

　夜、家に帰って来た三木は「金曜日の六時で予約を入れた」と開口一番伝えた。

「予約取れたんだ。ありがとうございます」

お帰りなさいの出迎えをした後、部屋までついて来た弥尋に、三木は鞄から取り出した一枚の用紙を渡した。カラーコピーされたそれには、三木が予約した美容室の地図や案内が記されていた。

駅からさほど遠くない大通りに面した三階建ての店の外観は、写真で見る限りかなりモダンな感じがして垢ぬけていた。サロンアフターという名前のその店は、弥尋が今まで行ったことのある理容店とは違い、本当にお洒落な店で逆に不思議に思った。

「どうした?」

「どうして隆嗣さんがこんなお店を知ってるのか不思議だなあって思って。隆嗣さんの行きつけ?」

同居後、弥尋の方は初めて髪の毛を切りに行くが、三木は中国への出張の前に一度散髪に出掛けている。わざわざ場所を確認はしなかったのだが、もしもこの店に行ったのなら、三木のイメージに合わないような気がして何となく妙な感じだ。

その違和感は正解で、三木は首を横に振った。

「いや、私の行きつけとは違う。私も弥尋君と同じように、吉祥寺の方に行きつけの店があって、普段はそっちで切ってもらっている」

返事を聞いた弥尋は、「あれ?」と首を傾げた。

「だったら、俺もそこでよかったのに。隆嗣さんが行きつけってことは、ちゃんとした腕前の理容師さんってことでしょう?」

「ここは嫌か?」

部屋着に着替え終わった三木は、ベッドに腰掛けて目の前に立つ弥尋の腰に腕を回して引き寄せた。

「別に嫌じゃないです。わざわざ勧めるのは上手だってことだと思うし。でも本当に隆嗣さんと一緒のところでよかったのに」

いつもの三木ならきっとそこへ連れて行ってくれたはずだ。それがどうして今回に限ってまるで縁のなさそうな美容室を紹介したのか、謎である。

その謎が解明されないまま迎えた金曜日の放課後、教室で座席に座ったまま弥尋が三木に貰ったコピーを広げて場所の確認をしていると、

「ラブレターか？」

部活に行ったと思っていた友人の鈴木に話しかけられ、顔を上げた。

「残念でした。ラブレターじゃありません。地図だよ。今日髪の毛を切りに行くから、場所を頭の中に叩き込もうと思って見てたんだ」

駅から降りて地図を片手にウロウロするのはやはり少し恥ずかしい。交通量が多い通りなら尚更だ。幸いなことに、駅からさほど離れていないことと、変に角を曲がることなく通りに面しているため、大まかな距離感と目印を覚えていさえすれば大丈夫だろう。

「杏子じゃなくて？　わざわざ遠くまで？」

「うん。知り合いが勧めてくれて、予約も入れてもらったからね」

「へえ、何て店なんだ？」

「サロンアフター」

言ってもどうせわからないだろうと思って軽く告げた弥尋だったが、

「サロンアフター……って渋谷にあるあのサロンアフターか？」

鈴木はちょっと目を見開いた。

「あのっていうのが何を指すのかわからないけど、名前は同じ。渋谷じゃなくて恵比寿だけど。鈴木が言う店ってこれと同じ？」

弥尋がコピーを見せると、建物の外観を見ただけで鈴木は「そうそう、これだ」と大きく頷き、弥尋の顔を凝視した。

「よく予約取れたなあ」

それがあまりにも感慨じみていたために、弥尋の方がハテナの気分になる。

「なに？　もしかして有名な店？」

今度は逆に鈴木が座る弥尋を見下ろし、目を丸くした。

「知らないで予約したのか？」

「予約したのは俺じゃなくて知り合い。俺は何にも知らない。一度行ってみたらって言われたから行くだけ」

「……三木らしいって言やあそうなんだろうけど」

「今なんか馬鹿にされたような気がしたぞ」

「気のせい気のせい」

睨まれても気にせず、笑いながら鈴木はコピーを指差した。

「サロンアフター。芸能人もよく利用している有名な美容室なんだぜ。派手な宣伝なんかは一切してないらしいんだが、利用した人の口コミで広がって、何年か前から人気店の一つになってる。最近はカットだけじゃなくて、ヘッドマッサージとかヘッドスパだかいうのやフェイシャルマッサージもメニューにあるってんで、勤め帰りの会社員にも人気らしい」

「マッサージもしてくれるんだ」

カットよりもそっちの方が何だか気持ちよさそうだ。

「じゃあ敷居の高い店ってこと？」

「っていうわけでもないらしいんだけどな。さっきも言ったように予約制だからその予約を取るのが難しいらしい。休日は何ヶ月も前から予約が入ってるとか何とか」

「あのさあ、単純で素朴な疑問なんだけどさ、髪の毛切るのに何ヶ月も前から予約なんてするもんなの？」

特別な日のために、というのならわかるが、邪魔に感じて切りたくなったら散髪に行くスタイルの弥尋には信じられないサイクルだ。

「さあ。少なくとも俺はしないなあ」

「だよねえ」

二人してしみじみ庶民気分を味わっていたが、教室の時計に目を向けた弥尋は、コピーを丁寧に折り畳んで鞄の中に入れると立ち上がった。六時の予約だからそろそろ出ないと間に合わない。

「行くのか？」

「うん。敷居は高そうだけど、鈴木の話を聞いたら行かなきゃ申し訳ない気がしてきた」

そんな競争率の高い予約をどうやって三木が取ることが出来たのか不思議議だが、知り合いとはいえ、かなり無理なことをしたのだとしたら、しっかり行って来なくては三木に悪いばかりでなく、予約を取りたくても取れなかった人に申し訳ない。

「ふうん。じゃあ可愛く切ってもらえよ。で、体験リポートを頼む。今度体験談としてじっくり聞かせてもらうからさ」

「究明！　人気美容室の謎に迫る……って？」

「そうそう」

「可愛くって……俺はただ普通に切るだけなんだけど？」

鈴木は「勿体(もったい)ない」とさも残念そうに肩を竦めた。

「せっかく有名な店に行くんだから、切るだけじゃ勿体ないだろうに」

「だから、有名な店っていうのは今知ったばっかりなんだってば。髪型変えるのが目的じゃなくて切るのが目的なんだから、過剰な期待はしないで欲しいな」

「別に過剰な期待ってわけでもないんだけどな。まあ、くるくるパーマをかけた三木や茶髪や金髪、ワイルドなウルフカットの三木はイメージからかけ離れるしな。今のままが無難といえば無難か」

「こらこら鈴木君？　イメージってなんですか、イメージって」

二人で教室を出ながら、途中までを一緒に歩く。

「イメージって、そりゃああれだろ、桜霞(おうか)の君」

弥尋はぽかんとした表情で頭半分ちょっと高い場所

にある友人の顔を見上げた。

「今、何か聞き捨てならない科白が聞こえたような気がしたぞ……。あのさ鈴木、おうかのきみって何？」

「桜が霞む君と書いて桜霞の君。三木のあだ名？　違うな、通り名みたいなもんか。なんだ？　知らなかったのか、お前」

「知らないよ。今初めて聞いた。で、どういう意味？　なんでそんな少女マンガの中に出てきそうな呼び名で俺が呼ばれなきゃいけないわけ？」

「あー、それはだな……」

　本人は全然知らないってのも王道だよなと呟きながら、鈴木は謂れを語った。

　事の起こりは入学式。入学したての一年生が最初に訪れる受付で出会ってしまったのが弥尋だったのは、果たして彼らにとってよかったのか悪かったのか。

「儚げで優しい美人って感じの雰囲気と趣は、佳人と呼ぶにふさわしいとかなんとか」

　舞い散る桜の花びらの淡いピンク色、煙る桜色の中で優しく微笑む弥尋は、不安と期待で胸をいっぱいにしてやって来た新入生たちにとってまさに女神様のように映っていた。

　何度も言うようだが、当日の弥尋は入籍からのゴタゴタや引っ越しなど入学式前日までの疲労が抜け切れず、確かに少し気だるさを漂わせた儚げな印象だったのは否めない。

　しかし、その原因のほとんどは決して情緒や趣のあるものでなく、世俗的なセックス疲れという絶対に純な生徒たちには聞かせられないもの。知っているのは、首につけられたキスマークに気づいてしまった友人、遠藤始くらいのものである。

　そんな弥尋だったものだから、桜の花びらの下で微笑む印象が独り歩きした結果、一年生の間に、「美人で優しい先輩」の話として広まって、いつしか桜霞の君と呼ばれるようになった、というわけだ。

「つまり、三木はすっかりアイドル扱いってわけ」

「アイドルって……そんなこと言われても……。サイン会とか握手とかすれば儲かるかな？」

　鈴木はアハハと大きな声で笑った。

「カネ取ってやるか？　やるなら計画立てるぞ。生徒会と新聞部主催のサイン会、もしくはファンクラブでも結成して」

「それで俺の顔写真入りウチワとか、ハチマキとか半被を着て？　うわー、想像するだけで鳥肌立っちゃった」

　さわさわと腕をさすりながら弥尋が言えば、鈴木は爆笑だ。

「おま……三木、話が飛躍し過ぎ。けどなあ、サイン会は冗談としても、ファンクラブはそのうち冗談じゃなくなるかもしれないぜ。お前に憧れてる下級生は多いからな。生徒会紹介の校内新聞は完売だったし。あれは三木の謎に迫ったのがよかったみたいだけどな」

「ああ、あれね……」

　新学期が始まって最初に杏林館高校の生徒たちに提供された話題といえば、弥尋の姓が「本川」から「三木」へ変わったことだった。詮索無用とわざわざ明記した上で、身売りでも借金のカタでもなんでもないとコメントを残した今季の初発行紙である。

　新入生には全員配布したが、普段ならあまり手に取ることのない二年や三年までが欲しがったことから、弥尋への関心の高さを窺い知ることが出来るというものだ。

「今のところは憧れの範疇で収まるくらいで、熱狂的な信者はいないみたいだからまだ安心だな。そんな顔するなって。生徒会の役員に憧れるのも、部活で活躍する先輩に憧れるのも一緒だろ」

「そうか？　だって俺の場合、顔が理由なんだろう？　ちょっと不本意」

「それを今頃言うかあ？」

今度こそ呆れた口調で鈴木は首を振った。顔だけというが、顔は結構重要な要素だ。誰が見ても美人に属する容姿に加え、全国でもトップクラスの頭脳に、性格もよし。今年の新入生だけの話ではなく、同学年にも一つ下の二年生にも弥尋の密かなファンは多い。

ついでに言えば、こっそり「本川クンを愛でる会」を作っていたちが、弥尋たちが入学した時の上級生たちが、こっそり「本川クンを愛でる会」を作っていたことを当時から新聞部に所属していた鈴木は知っている。

生徒会書記だから知名度があって注目されていると本人は思っているようだが、他の要素も一役買っていることは本人以外の誰もが知っていることだ。

そこへ来て「桜霞の君」。これはもう卒業するまでその名前は付きまとうと覚悟した方がよいだろう。

「だから、真面目で優しい桜霞の君が、いきなりハード系やパンチの利いた髪型になっちまえば、みんな驚くってわけ」

だからそのままの美少年風清純路線を貫き通してくれと、頭を強い力で押さえる鈴木の手を退かしながら弥尋は、

「あのさ」

にっこりと微笑みを浮かべて言った。

「人って不思議なものだよね、鈴木。期待されるとその反対の行動取りたくなることってない？　五分刈りにしたらこれから先、夏になっても暑くなくていいかもって、今ふと思いついたんだけど、鈴木はどう思う？」

「……三木？」

「そっか、みんな俺にはいろいろ期待してるんだね。だったら期待を裏切らないように話題を提供するのも役目のような気がしてきたぞ」

「おい、三木。お前、もしかして本当に刈り上げるつもりなのか……？　止めとけ。絶対に似合わないから」

「失礼な。似合わなくても運動部の連中は坊主に近い

髪の毛してるじゃないか。俺だって中学生まではすっごく短かったんだぞ」

「昔は昔、今は今だろ！　頼むから、坊主だけは止めろ。学校中の生徒がパニックになるだろうが！」

「パニック？　上等だね」

目を眇めた弥尋はふふんと鼻で笑った。

「坊主になった俺を見てもまだ桜霞の君って言えるかどうか実験するのも悪くない」

「おい……」

「あっ、もう五時になる。バイバイ、鈴木！」

「三木！　おいコラッ！　坊主だけは止めろよッ！」

言うなり駆け出した弥尋の背中に鈴木が追い縋るように声を掛けるが、

「それは来週のお楽しみー！」

振り返った弥尋はそれはもう楽しくてたまらないという顔で友人を振り返り、それから「遅れる！　遅れる！」とアリスウサギのように呟きながら、大急ぎで昇降口まで駆けて行った。

後に残されたのは、廊下に茫然と立ち尽くしたままの鈴木。

「……勘弁してくれ……」

もしも弥尋が本当に坊主にして来たら？　坊主に近い髪の毛になってしまったら？　あるいはとんでもない派手な髪形にしてきたら？

清純派代表の弥尋のそんな姿をお披露目された日には、そして今の自分とのやり取りが明らかになった日には、

「……俺が締め上げられるだろうが……」

桜霞の君に余計なことを言った男のレッテルを貼られ、全校生徒に卒業まで白い目で見られることは間違いない。

新聞部としてスクープや話題は必要だ。だが欲しいのは明るく楽しい話題であって、自分の責任を追及されるような、全校生徒にショックを与えるような記事

ではない。

それだけは勘弁して欲しいと、弥尋の良心と美容師の常識に縋る思いの鈴木だった。


美容室へ寄るからと、自転車は学校に置いて電車に乗った弥尋は、予約した時間に余裕を持って目的地最寄りの駅に降り立った。

「すごい人……」

ラッシュアワーの序盤戦に当たる時間帯。大通りには車が多数走り、それ以上に人がたくさん歩道を歩いている。週末を明日に控えているとはいえ、平日の夕方だというのに、一体この人の波はどこから出て来るのかと真剣に悩みたくなるくらいだ。

(絶対に用事がなきゃ一人で来ようとは思わないなあ)

パッと見ただけでも華やかでおシャレや流行を前面に押し出しているショップ、重厚な扉を構えた高級感溢(あふ)れる店、雑多な人種、賑(にぎ)やかなのはよいが、慣れない弥尋にとっては落ち着いて安心できる場所ではない。

次兄実則が勤務する品川に行った前二回の時には、それぞれ三木や芽衣子と一緒で、移動も車だったため、そこまで意識することなく、目的の店で買い物をするだけでよかったが、今回は一人だけという心細さもあって、弥尋はさっさと目的の美容室を見つけるため顔を上げ、周囲を見回した。

「駅を出てまっすぐ道を進んで――」

地図はすでに記憶済みだが、念のために開いて取り出し、もう一度確認する。そんな動作だけで、自分がまるで知らない場所に来た異邦人のような気になってしまう。

実際に、傍から見ても慣れない土地に来た迷子のように映っていたのだろう。

「どこか行きたいところでもあるの?」

「僕たちが連れてってあげようか?」

ただ信号が青に変わるのを待っているだけで、何度も頻繁に声を掛けられたのには閉口した。

「いいえ、大丈夫です。場所はわかってますので。親切にありがとうございました」

そつなく笑顔で応えれば、「そ、それならいいけど」と言って顔を赤くする女や男の多いこと。

それだけでなく、

「ちょっと君、写真撮らせてくれないかい?」

「芸能事務所やってるんだけど、歌とか踊りとかテレビとか興味ない?」

などと、業界人っぽい少し怪しげな人たちに話しかけられる回数は、駅に降り立った時からすでに片手で数えられないほどになっていた。

その都度、

「音痴ですから」

「運痴なので遠慮します」

「肖像権の問題があるので写真は駄目です」

慇懃に断ることを繰り返す。人――若者が多数集まる場所ではスカウトが頻繁だとは聞いていたが、商業区や繁華街に一人で外出することのない弥尋は、まさかここまで勧誘が多いとは思わなかった。

「みんな暇なんだなあ」

暇なのか、人材不足なのか。声を掛けた人のうち、どれだけの人が「ホンモノ」なのかな……などと失礼なことを考えている弥尋だが、勿論彼ら全員、暇なわけでもなんでもない。

スカウトマンたちの厳しいお眼鏡に適った容姿の弥尋だからこそこうして引きも切らず誘われるわけで、一人が話しかければまた他の連中が……と芋づる式に人が寄って来るのを避けるため、弥尋は「近寄るなオーラ」を出しながら、やや俯き加減に早足で美容室への道を辿った。

話しかけて来ても、弥尋に無視されて諦めてくれるならいいのだが、勝手にねじこまれたり、無理矢理渡されたりした名刺で制服のポケットはいっぱいだ。

もうこれ以上は入らないという頃になってようやく「サロンアフター」の看板を見つけた弥尋は、それは大きく安堵の息を吐き零した。

鈴木に聞いた時から有名な店だというので少し臆していた弥尋だったのだが、駅から道中のやり取りで疲れていることもあって、変に派手派手しい造りでも、呼び込みが立っているのでもない、本当にありきたりの木製ドアの店構えを見てほっとしたのは否めない。

店は三階建ての薄茶の石で出来た建物で、薄いレースのカーテン越しに、中の様子がちらりと見える。予約でいっぱいだと聞いていたから、さぞ忙しい感じで人が立ち働いているんだろうなと思っていたが、外から見た限りでは混雑している様子には感じられなかった。

暫くドアの前で佇んでいた弥尋だったが、

「ありがとうございました」

女性客を送り出した若い男性店員と図らずも目が合ってしまったことで、意を決して話しかけた。

「あの、今日、六時に予約していた三木といいます」

店の外からはわからなかったが、白や淡いグリーン、ナチュラルな白木の木目を基調にデザインされた屋内は、縦長に奥行きのある造りで、手前に受付と待合室、奥にカットスペースが設置されていた。

至るところに置かれた観葉植物の鉢の緑が柔らかな印象を与え、居心地をよくしている。

カットしている様子は待合室からも見え、五つある席のうち三つは埋まって、金髪や茶髪の女性や男性のスタイリストたちが鏡の中の客に向かって話しかけながら、シャキシャキとハサミを動かしていた。その向こうはシャンプースペースらしく、二人ほど横になって頭を洗われている。

「少しお待ちください」

受付で予約を確認された弥尋は、スタッフの言葉に従って待合室に一人ぽつんと座っていた。退屈しないためなのだろう、棚の中には雑誌や本がいくつも並んでいたが、特に興味を引く本があるわけでなく、出された紅茶とマドレーヌを食べながら、弥尋は持って来た単語帳を広げた。これでも受験生、時間は有効に使わなければ勿体ない。

（このマドレーヌ美味しい。どこのメーカーのかな？）

もぐもぐと食べながら包装紙の裏を捲って販売元を確認すると、知っているメーカーだった。今度買いに行こうと思いながら再び単語帳に目を落とし、新たに三十ほど熟語を暗記したところで、

「三木弥尋君？」

呼ばれて顔を上げれば、背の高い女性が一人立っていた。

「初めまして。今日、弥尋君の担当をさせていただく沢井です」

フロアに出ているスタッフを見る限り、カラフルな

頭髪のスタイリストばかりだと思っていたが、きっと派手だろうという、芸能人が行く店という先入観によって作られた弥尋の予想に反して、沢井は黒髪をベリーショートにした、目鼻立ちのはっきりした南欧（なんおう）風迫力美人だった。ゆったりとしたパンツスタイルで、目線を下に落とせば足元はパンプスではなくスニーカー。それでも並べば百七十二センチの弥尋よりも背丈はありそうだ。

「こ、こちらこそよろしくお願いします」

慌てて立ち上がりかけた弥尋だが、沢井は「座って」と片手で制する。

「まだ食べかけなんでしょう？　食べ終わるまで少し髪の毛触らせてもらってもいい？」

「あ、はい。どうぞ」

沢井は弥尋の背後に回ると頭に両手を乗せ、髪を確かめるように指を潜らせた。

「羨（うらや）ましいくらいさらさらの髪の毛なのねえ。まっすぐで癖もないし。シャンプーは何を使ってるの？」

弥尋は、

「ええと……」

と口籠った。家で使っているシャンプーやリンス、ボディソープなどは三木が元々使っていたブランド品で、ホテルにも採用されていると聞いている。しつこくはないよい香りがして肌触りもよく、弥尋も気に入っている商品だ。

しかし、ボトルのデザインや品質には興味があってもブランドそのものに興味がない弥尋はうろ覚えで、問われても咄嗟（とっさ）にメーカーやブランドの名が浮かんでこなかった。

「家の人が買って来るから覚えてなくて……」

仕方なく正直にそう言えば、

「あらそうなの」

沢井は特に気にした様子ではなかった。

「家族と同居してる若い子はそんなものよ。自分で気に入って自分でお金を出して買わない限り、覚えていないことが多いみたい。洗濯洗剤のメーカーや食器用洗剤の名前も家事をしない人は知らないままだったりね」

「なんとなくわかります」

「歯磨き粉を買って来てって言われて、言われた通りに買って帰って来たら、それじゃない！　って怒られたって話もよく聞くわ」

弥尋は笑った。実際に本川家で似たようなことが何度かあったのを思い出したからだ。

「だから気にしないでいいのよ。もしも覚えてたら教えて欲しいってレベルで聞いただけだから。シャンプーとコンディショナーは同じブランド？」

「ボトルのデザインが同じだからそうだと思います。前はリンスとかコンディショナーとトリートメントとか、シャンプーの後に何かをつけるのがあんまり好きじゃなかったんですけど、今のに変えてからは好きになりました」

沢井は「ハァ」と悩まし気な溜息を漏らした。

「この艶を出せるシャンプーとリンス、羨ましいわ。是非教えてもらわなくちゃ」

ついでにと頭の形を覚えるように両手でぎゅっと押して確かめた沢井は、弥尋が紅茶を全部飲み終わるのを待って、

「それじゃあ始めましょうか」

シャンプー台のある方を指差した。

「シャンプー入ります」


ここは天国か――。

眠たくなるくらい気持ちいい洗髪が終わって、これまた身体にフィットする座り心地のよいカット台に座った弥尋は、初めての体験にドキドキしっ放しだ。

「緊張してる？」

「はい、かなり……。こんな立派な美容院に来るのは初めてだから……」

「普段はどこで切ってるの？」

「家の近くの床屋です。個人経営のちっちゃい店なんですけど」

「別にちっちゃくても気に入ってる店ならいいのよ。大きいからって上手だとは限らないんだし、自分に合ったところが一番だと思うもの」

一度簡単に水気を切った髪の毛に櫛が入れられ、長さを調節しながら鏡の中で沢井が尋ねる。

「長さはどうしますか？　思いきり短くしてしまう？」

「どうしよう」

鈴木にはああ言って捨て科目を残して来たが、丸刈りやスポーツ刈りにする気は弥尋にはない。自慢じゃないがたぶん似合わないだろうというのは他の誰より自身わかっている。かといって、変化も何もないのでは、なんだか癪に障ったまま。

だが、鈴木への意趣返しより三木の顔が浮かんでしまえば、

「……今の髪型で少し短く切るだけでいいです」

結局はいつもの無難な形に落ち着いてしまう。

「跳ねさせたり、段をつけたり、左右非対称にして遊ばせても髪の毛が軽いから似合うと思うけど？」

「高校生だし、そういうのは大学生になってから考えます」

面白味がなくても、手入れが簡単なのが一番だ。

「わかりました。じゃあ今のラインのまま短く揃える感じでね。下手にいじるより、この路線の方がいいものね」

この路線って何なんだろうと思いながらも、沢井の笑顔につられて弥尋も笑った。

「お願いします」

決まってしまえば後は任せるだけ。

櫛が入れられ、軽いハサミの音がするたびにパサリ

パサリと髪の毛がフローリングの床に落とされていく。基本的に髪の毛を切ってもらう間、弥尋は本や雑誌を手にすることなく、じっと座って鏡の中の作業を眺めているのが好きだった。大した分量じゃないにも拘らず、サクサク切られていくのを見るのは楽しく、子供の頃からの癖と言ってもよい。

沢井の手つきもさすが手慣れたもので、カットだけというせいもあり、あっと言う間に髪を切り終えてしまった。その後またシャンプー台に連れて行かれ、今度はシャンプーとリンスを使って念入りに頭髪の手入れをしてもらう。

リンゴの匂いが混じる軽いハーブの香りはきつくもなく仄(ほの)かな感じで、こういうのもたまにはよいかもと思う弥尋だった。

もう一度カット台の前に座ってブローをしてもらうが、これも簡単に終わった。

「こんな感じでどう？　少し毛先だけ軽くしてみたんだけど」

「はい。大丈夫です」

「じゃあこれでカットは終わり。次に行きましょうか」

椅子から下りた弥尋は、このまま支払いを済ませて帰るだけと思っていたのだが、沢井の言葉に「え？」と首を傾げた。

「まだ他にすることがあるんですか？」

「あら。もしかして聞いてないの？」

「髪の毛を切るってしか……あの」

不安になって見上げる弥尋へ、沢井は安心するように微笑みかけながら、二階へと続く階段を指差した。

「カットとエステで予約が入ってるのよ、今日は。頭とお顔のマッサージ」

「へ？」

などと美少年にあるまじき反応を示した弥尋を見て、沢井はころころと笑った。

「日頃の感謝を込めてですって。まあ騙されたと思ってマッサージされてごらんなさい。気持ちいいから」

沢井に腕を引かれるようにして、緩やかな螺旋を描く階段を二階に上がると、そこには広い円形の待合室を囲むようにして薄いカーテンで仕切られた個室が五つほど作られていた。個室といっても完全に閉じられたものではなく、中央のスタッフからは中の様子がちゃんと見えるように配慮された形になっている。

沢井はそんなブースの一つに弥尋を案内すると、リクライニングチェアに座らせ、美顔エステを担当するスタッフを紹介した。

「最初に頭、それから最後に顔のマッサージの順番ね。大体三十分くらいで終わるから、終わったらそのまま下に来てくださいね」

説明をするだけして沢井がブースを出た後、担当のスタッフに促されるまま、リクライニングチェアにうつ伏せにされた弥尋だが、それも最初だけだった。

(うわ……気持ちいい……)

絶妙なタイミングで押されるツボや皮膚、揉みほぐす指の動きにすぐに心地よさを感じるようになる。それは頭を終えて顔に移ってからも同じで、熱い蒸しタオルを顔に乗せられた時には「息が出来ない」と思っていたが、実際にジェルかクリームを顔中に伸ばされ、滑るように指がむにむにと頬や顔の上を行ったり来たりするうちに、次第に眠気に襲われるようになってしまう。

「髭もなくてすべすべで、本当にゆで卵みたいなお肌なんですね」

感嘆するスタッフの声もすぐに意識の遠く向こうへと持っていかれる。

ほわほわした気分のまま夢心地のようなトロンとした気分を味わっていると、

「――三木さん、終わりましたよ」

不意に掛けられた声に意識が浮上する。終了の声を聞くまでの短い時間、いつの間にか弥尋は熟睡してしまっていたようだ。

「すみません、眠ってたみたいで……」

恥ずかしさに顔を赤らめれば、スタッフは「いえいえ」と首を振る。

「眠ってしまうお客様は多いんですよ。気持ちよく感じていただいている証拠なので、私たちもやりがいがあります。お疲れ様でした。沢井が下でお待ちしていますからどうぞ」

後片付けが残ってるスタッフを上に残し、階段を降りると、受付にいた沢井が笑顔で出迎え、施術の間に乱れた髪をブラシで簡単に整えてくれた。

「どうでしたか？」

「とっても気持ちよかったです。良過ぎて眠ってしまいました」

すっきりした頭とモチモチ肌に弥尋もご機嫌だ。女性のようにお肌に気を遣うことはないが、キレイですべすべの肌は純粋に嬉しい。

（隆嗣さんにも触らせてあげよう）

自分で触っても吸い付くような手触りで気持ちいいのだ。三木はきっと暫くほっぺたから手を離さないだろう。

効果がどのくらい持続するのかわからないが、早く帰って三木に会いたいなと思う弥尋は、壁時計を見上げはっとした。アナログの時計の短針は間もなく八に到達しようとしていた。

弥尋は慌てて鞄の中から財布を取り出した。

「今日はありがとうございました。いくらでしょうか？」

財布の中身は三木に貰った万札が三枚である。そんなに高いはずないと受け取りながら笑った弥尋は、朝の自分を叱りたい。待合室で待っている間にちらりと見たメニューに記載された金額は、弥尋がいつもの床屋に五回は軽く行ける値段だったからだ。

シャンプーなしのカットだけで六千円。トリートメント付きのシャンプー込みのカット&ブローで一万円、これにパーマやカラーを入れればかなり飛んで行くことになる。邪魔にならないくらいに切り揃えられていればそれでよいと考えている弥尋には信じられない世界が広がっていた。

（芸能人にはこのくらいの値段でも安いくらいなのかもしれないけど……）

その上、懇切丁寧でマッサージも上手とくれば、予約してでも行きたいと思う客が多いのも頷ける。

弥尋が待合室で待っている間にカットを終えた客は、鈴木から聞いた話を証明するように次回の予約まで入れていた。そうでもしないと次々に埋まってしまうと考えれば仕方がない。

そんなことを考えながら一万円札を二枚出せば、沢井は困ったように眉を下げた。

「本当はいただけないんだけど……五千円だけ」

「え？　でもカットとマッサージと合わせたら一万八千円ですよね」

それが五千円では半額以下だ。いつも行く床屋と比べれば五千円でもまだまだ高いのだが、有名料だと割り切れば仕方ないと諦めもつく。確かにマッサージは気持ちよかったし、カットも手際がよくて仕上がりも気に入っているが、紹介でもされない限り、自分から予約してまで切りに来ようとは思わない。それなら、きちんと支払いを済ませておきたいと思うもの。

「紹介で来店されたから紹介割引よ」

嘘っぽい。

じーっと見つめれば、沢井は困ったと横を向き、それから顔を綻ばせた。

つられて後ろを振り返った先、店の入り口では今まさに長身が中に入ろうとドアに手をかけたところだった。

「いらっしゃいませ」

「いらっしゃいませ」

出迎えのスタッフの挨拶をちらりと一瞥した男は、カウンターの前にいる弥尋に気づくと小さく安堵の表情を浮かべ、長い脚をゆったりと動かしながら、だが少し急いだように二人に歩み寄った。

「弥尋君」

「隆嗣さん」

弥尋の隣に立った三木は、短くなった頭髪を見て、満足そうに唇で弧を描いた。

「すっきりしたな」

「うん。だいぶ梳いてもらったから。隆嗣さんもカットしに？」

言ってから違うなと思い直す。吉祥寺に行きつけの理容店があると聞いたばかりなのだ。わざわざ会社が終わる時刻に合わせて予約を入れる手間をかけはしないだろう。

となると残る心当たりは一つ。

「一緒に帰ろうと思って迎えに来た。ちょうどいい時間だったみたいだな」

「うん。タイミング的にはばっちりだよ。でもよくわかったね、終わる時間が」

予約したのが三木だからマッサージ込みのある程度の時間は推測できたのだろうが、それにしても本当にタイミングがよいとしか言いようがない。ところがこれには種が存在していた。

「私が連絡していたの。八時少し前に終わりますって」

弥尋は首を傾げて沢井を見、それから三木を見上げた。

「どういうこと？　沢井さんと隆嗣さんって、プライベートでも連絡を取り合うような間柄なんですか？」

「や、弥尋君！　それは違う」

「あら、でもプライベートでも連絡を取り合うのは嘘じゃないと思いますけど」

「……隆嗣さん……？」

不審を浮かべた弥尋の視線に、三木は大慌てで首を横に振りながら、一方で沢井を睨んだ。

睨まれた沢井は「まあこわい」と苦笑しながら弥尋へ名刺を渡した。

「さっきのお代の話だけど、親戚割引よ」

「親戚割引？」

貰った名刺を見ながらきょとんとする弥尋へ、沢井は「サロンアフター　沢井明美（あけみ）」の姓の部分の上にボールペンでもう一つ別の苗字（みょうじ）を書き加えた。沢井の真上に書かれたその文字は「三木」。

「──親戚？」

「ええ。初めまして。三木明美です。隆嗣さんは私の義兄になります」

「ということはつまり……」

三木の弟の妻ということになる。

目を見開き、あんぐりと口を開いて固まった弥尋だったが、三木と知り合いだと聞いて少しモヤモヤしていた気持ちがきれいさっぱりなくなっていることに気がついた。

「だから親戚割引なんですね」

「弥尋君のことはお義兄（にい）さんやうちの人から話は聞いていたから、いつ会えるか楽しみにしていたの。よろしく、弥尋君。それともお義姉（ねえ）さんって呼んだ方がいいのかしら？」

「いやいや、名前で呼んでください」

動揺から立ち直った弥尋は、沢井の顔をはっきり見上げてから、深く頭を下げた。

「三木弥尋です。こちらこそよろしくお願いします。沢井さん……明美さんは俺と隆嗣さんのことはご存知なんですか？」

「沢井さんで構いませんよ。勿論、養子縁組のことは知っています。事実上の結婚をなさってるってことも」

「弥尋君のことを知らない家族はいない。最初に全員に伝えてるからな」

沢井の言葉を裏付けるように、カミングアウトした本人が堂々と告げた。

「ご挨拶が遅くなりましたけど、三木の男と結婚した者同士、仲良くしてくださいね」

「こちらこそ」

　思わぬところで出会った三木の弟博嗣（ひろつぐ）の妻に、弥尋の表情も綻ぶ。確かに親戚割引も適用されるはずである。


「どうだった？　沢井さんの店は」

　サロンアフターを出た後、二人で百貨店の地下で総菜やサラダなどおかずになるものを購入し、自宅マンションに帰る頃には午後九時近くになっていた。それから二人して食事の用意に風呂の準備と慌ただしく駆け回ったおかげで、十時半にはパジャマでベッドに横になることが出来た。

「髪の毛は丁寧に切ってもらったよ。それにマッサージはとっても気持ちよかった」

「そうみたいだな。肌がいつもより柔らかい」

　くすぐるように撫でる三木の掌に頬を委ねて、弥尋は心地よさそうに瞼を閉じた。

「わかりますか？」

「そりゃあわかる。いつも見てるし」

　触ってるんだからと、三木の言葉は耳のすぐ傍で聞こえた。温かいものが頬に触れ、唇が寄せられて舐（な）められたと知る。

「くすぐったい」

「柔らかくて噛みつきたいくらいだ」

「それは駄目。歯形が残ったら、明日お義父さんたちに会った時に何してるんだって言われるでしょ」

「言われなかったら？」

　軽く歯を立てられる感触に、弥尋はきゅっと肩を竦めながら、三木の体を押しやった。

「ダメって言ってるのにしたらダメ。舐めたり、吸い付いたりするのはいいけど、噛んじゃ駄目です」

「美味しいのに」

「隆嗣さん」

少しきつく名を呼ぶと、三木は残念そうに苦笑いしながらも顔を離し、代わりに腰に腕を巻き付けて、二人でゴロンとベッドの上に横になった。

そうなると弥尋の方が擦り寄りたくなるもので、もぞもぞと体を動かしてベストポジションに収まると、三木はくすりと笑った。

「これからも沢井さんのところに行くか?」

少し考え、弥尋は「ううん」と首を振った。

「俺にはなんか似合わないから止めておきます。お洒落な店もいいけど、たまに行くのがいいだけで、なんだか人がいっぱいいて落ち着かなかったんです。それに凝った髪型してるわけでもないし、高い料金払って、電車代使ってまで行かなくてもいいかなあって。沢井さんは上手だったんですよ、すごく丁寧に切ってくれたから。でも普段はいつものところで十分。それで、何か大切な日の前に行くんです。そうすると特別感も出るでしょう?」

「そうか。弥尋君がそう言うならそれでいい。気に入った店がないなら別だが、あるなら無理して通う必要もないからね」

「沢井さん、気を悪くしたりしないかな。すごくよくしてもらったのに」

「そんなことはないだろう。あっちはあっちで繁盛してるんだ、気にはしないさ」

「だったらいいけど。ねえ、それより隆嗣さんが行きつけのお店にも行ってみたい。今度髪の毛切る時に一緒に連れて行ってくれませんか?」

「吉祥寺に?」

「はい。だって小さな頃から通ってるんでしょう? 隆嗣さんの楽しい話を聞けるかもしれないって思って」

言ってペロリと舌を出した弥尋の頭にコンと三木の顎が乗せられる。

「無口な頑固オヤジだからそれはまずないな」

「そうなの？」

「切ってる間も必要最低限のことしか言わない。私でさえ、二十年以上通って多くを喋ったことはない」

「それならますます見てみたい。ね、今度連れてってくださいね、約束」

三木の手を取り小指を立たせて指きりげんまんだ。

「沢井さんのところはきれいで立派なんだけど、ちょっと高校生の俺には敷居が高いみたい。もっと大きくなって、社会人にでもなったら別なのかもしれないけど」

今は、通うにはもっと敷居が低くて落ち着く店の方がいい。

「そうか」

「それに」


駅に降りて店に至るまでの間、毎回あんな風に人に纏わりつかれたのでは疲れてしまう。

家に帰り着いた弥尋は、制服のブレザーのポケットにたくさん収まった名刺をテーブルに並べて三木に見せた。勧誘されちゃったよ、と言いながら。

結果、三木の行動は早かった。素早く名刺に記載された誌名や社名に目を走らせると、そのまま捨てることなく三木の預かりとなった。

「写真は撮られなかったか？」

「全部断ったから大丈夫だと思う。遠くから隠れて撮られてたらわからないけど」

もしそうなれば雑誌に弥尋が登場することになる。

通常は当人の許可を得て掲載するものだが、モラルの低い雑誌社では売れ行きを重視するあまり、個人の意思は二の次に扱われる場合もある。そのために、名刺は保管しておき、何かあった場合には即座に抗議する心積もりが三木にはあった。

低俗な雑誌に無許可で自分の最愛の人が掲載されるのは絶対に許せるものではないのだ。本来なら、名刺を押し付けたスカウトたちにも自分を不快にさせた責任を追及したいところなのだが、そこは一応まだ我慢している三木だった。

「でもね、思ったんですよ」

「なにを?」

「髪の毛切ってもらうのって信用第一でしょう? いつもの床屋のおじさんも沢井さんも、すごく俺のことを考えながら切ってくれてる。頭触ってもらっても気持ちいいし、全然嫌な気にならないんだよね。だったら、好きな人に切ってもらうならもっと気持ちいいんじゃないかって」

「それは私に散髪の技術を磨けと言ってるのかな?」

「そうだったら最高の気分を味わえそうだねって話。三木さんの弟さんは、だからきっとすごく幸せな気分だと思うよ」

自分の妻に愛情をたっぷり注がれながらカットしてもらえるなら、どんな有名スタイリストにしてもらうより、満足する出来になるに違いない。

「それなら私もハサミを持って練習しよう。今は市販でもカット用のハサミは流通しているし、性能のいいものも出ているらしいから、夢じゃなくなる」

「隆嗣さん、本気なの?」

「私はいつだって本気だ」

「だったら期待しないで待ってるね」

「こら、弥尋君。そこは嘘でも期待してますと言うべきだろう?」

「はぁい。期待して待ってます」

ふふふと笑って弥尋は三木の胸に顔を擦り寄せた。そんな弥尋を三木の腕が優しく囲うようにして抱き寄せる。

今日は金曜日。いつもなら二人で仲良く熱い夫婦の夜を過ごすのだが、明日には白金(しろかね)の実家に行かなくてはならない。

　弥尋の寝息を胸元で感じながら三木は、せっかくの休日前の夜を邪魔することになった父親の我儘——三木清蔵にとっては当然の主張——を、本当に、心底残念に思うのだった。


初めての三木の両親との対面は、吉祥寺に住んでいる祖父母に会うよりはまだ緊張しないで済んだ。

　というのも、事前に三木の父親と電話口でだが話をしていたせいもあり、豪華な日本庭園のある立派なお屋敷ではないと三木に聞いていたからだ。それを考えれば、先に祖父母に会って「大金持ち」に対する免疫をつけられたのはよかったのかもしれない。

　昼食を一緒に取った後はすぐに帰ることを前提にした訪問のため、十一時過ぎに家を出て十二時前には白金の三木邸にアウディを乗り付けた。昼食を一緒に取るためにはちょうどいいのだが、

「——本当にお昼食べたらすぐに帰るの？」

「それだけの時間があれば十分顔合わせになる」

　バタンと音を立てて運転席のドアを閉めた三木は、

助手席側に回ると呆れた溜息をつく弥尋に手を差し伸べ、車外へと立たせた。

「甘い顔をすればつけ上がる。弥尋君も素っ気ないくらいでいいんだぞ」

「お義父さんにそんなこと出来るわけないじゃない」

どうしてそんなに父親を邪険にするのかと、多少批難の籠った目で見れば、三木は「甘い」と目を眇める。

「父は程度というものを知らないんだ。自分の欲望に忠実に突っ走る傾向があるから、気をつけるに越したことはない」

「そこまで変な人じゃなかったけど……あ」

仮にも夫の父親に対して「変な人」はないだろうと、失言を悟った弥尋は口を押さえたが、三木にとってその言葉はまさしく父を表すのに最適なものだった。

「大丈夫、変な人で合ってる。嫁にはいい顔をしたいんだろう。さあ、行こうか」

四台は停められる来客用の駐車スペースに車を置いた三木は、今から向かう自分の実家を眺めうんざりしたように一瞬顔を険しくしたが、弥尋に向けた時にはもういつもの表情だった。

吉祥寺の祖父母の家は純和風の広々としたお屋敷だったが、数年前に新築したというこちらの家は、和室洋室七つの部屋とＬＤＫが各々独立した洋風の邸宅だった。吉祥寺の祖父母の屋敷と比較すれば小さいというだけで、一般的には十分豪邸に含まれる。

車庫の横には小さな出入り口があるが、弥尋の初訪問ということで表の正門に回る。庭を眺めながらの短いアプローチを抜けて辿り着いた玄関扉の前で、三木は弥尋を振り返り、念を押した。

「夕方までいてくれと泣きつかれても、絶対にハイと言ったら駄目だぞ」

「わかってます」

自分の時間を取られるのがそこまで嫌なのかと、子供のように弥尋の取り合いをする三木と父親は、祖父の時にも感じたようにやっぱり似た者親子じゃないかと思うのだが、声に出してしまえば露骨に嫌そうな顔をするのが簡単に想像できてしまい、流石に弥尋も夫の機嫌を悪くしたくはなく、心の中で思うに留めておく。

門にも玄関にもインターフォンはあるのだが、三木はどちらも鳴らさず、いきなり扉を開いた。

その瞬間、

「わっ！」

パパァーンッ！　パンッパンッパンッ！

クラッカーの大きな音と共に紙吹雪が顔の前やら頭の上から降り注ぎ、吃驚した弥尋は、玄関に足を踏み入れる前に、三木の腕にしがみついたまま立ち竦んでしまった。

「父さん！」

三木が大きな声を出し、クラッカーを鳴らした犯人――たぶん三木清蔵氏に文句を言うのさえ、呆けて見ているだけ。

「いきなりなんてことをしてくれるんですか！　弥尋が驚いてるじゃないですか！」

「いや、すまんすまん。歓迎といえばクラッカーだろう？　私の心からの歓迎を表現したかっただけで他意はない」

「他意があるなら許しませんよ。弥尋君、こんな人騒がせな人は放って帰ろう」

弥尋の背中に手を添えて、そのまま回れ右をしそうな三木の腕を、裸足で玄関に駆け降りた清蔵が慌てて摑む。

「待て隆嗣！　せっかく来たのにこのまま帰る気なのか!?」

「顔を見せるという目的は達しましたからね。これで十分。ほら、弥尋も呆れてものが言えないでいる」

実際にはまだ成り行きに戸惑ったまま戻ってこれないだけなのだが、三木はそれを「帰るには絶好の理由

だ」と利用する気になっている。

「そんな……！　せっかく美味しいご飯もデザートも用意したというのに……！　帰るならお前だけ帰れ隆嗣。嫁は置いていけ」

「誰が置いていくもんですか。弥尋は私の妻なんですから一緒に帰るに決まってるでしょう」

「弥尋君は私の義理の息子で嫁なんだ。義父として引き留める権利はある」

「驚かせた分際でよくもぬけぬけと言えますね」

「ちょっと行き過ぎた歓迎の挨拶だろうが。そのくらい大目に見ろ。朴念仁。遊び心は大事だぞ、隆嗣」

「遊びも程度によりますよ」

「お前に遊びの何がわかると言うんだ。え？」

（なんか……）

どうしてこんなに仲が悪いのか……。

未だ茫然と立ち尽くしている弥尋だが、すでに最初のクラッカー攻撃の驚愕からは立ち直り、今は二人の舌戦にいつ割り込めばいいのかを必死に思案している最中だ。

「大体だな、隆嗣。お前が悪い。お前がもっと早く弥尋君を連れて来ていれば私もここまで焦らされなくて済んだんだ」

「年末年始で忙しかったのは父さんの方でしょう。焦らされた分だけ感慨も一入でよかったじゃないですか」

「弥尋君、弥尋君」

清蔵は頑固な次男はもう相手にするまいと、弥尋に向けてにっこり笑顔を向けた。

「こんな意地悪な男は放置して、私と一緒にご飯を食べよう」

「勝手に触らないでください」

弥尋の腕を取ろうとした清蔵の手は、三木にパチンと弾かれる。

「お前は……。暴力的な夫は嫌われるぞ」

「弥尋を守るためならなんだってしますよ、私は」

「あの……」

「どうした弥尋」

「おお！　弥尋君が喋った！」

このままではいつまで経っても家の中に一歩も入れない。悟った弥尋は勇気を出して二人の会話という名の口喧嘩に割り込んだ。

その瞬間、ぱっと意識を弥尋に切り替えた二人に注目されて赤面しながら、弥尋は上がり框の向こう、義父の背後に腕組みして立つ人物へ頭を下げた。

「初めまして、弥尋です。お騒がせして申し訳ありません」

どうして自分が謝らなくてはならないんだろうかと理不尽な思いはあったが、理由が自分にあることは何となく——これも理不尽ながら理解していたので、謝罪の意味も込めて初めましての挨拶をした。

その相手は、

「いらっしゃい。いいのよ、弥尋君には何の責任もないんだから。悪いのはそこの男二人。ねえあなた、隆嗣」

頬には笑み、しかし目は笑っていない。視線の先にいる清蔵はギクリと肩を震わせ、三木は明らかに「しまった」という顔になる。

黒髪を顎の下で切り揃えた短めのボブカット、藤色の作務衣姿の中年女性、三木馨子に手招きされるまま弥尋はすっと三木の横を通り抜け、先ほどの弥尋と同じく未だ固まったままの義父の横をすり抜け、出されたスリッパに足を入れた。

「あの人たちは放っておきましょう。頭が冷えるまで来なくて結構です」

後半は夫と二番目の息子に向けての言葉である。

（なんか芽衣子さんにそっくりかも……）

ちょっときつめの美人顔といい、迫力といい、芽衣子の三十年後の姿がそこにあった。弥尋が逆らえるはずもない。

弥尋君……。

三木の目が置いて行くなと訴えているが、

(ごめん隆嗣さん……。俺、お義母さんには逆らえなそうです……)

ちらと後ろを向いて目だけで謝罪すると、弥尋は先を行く小柄な背中を追いかけた。

「父さんが悪いんですよ」

「お前が文句ばっかり言うからだろうが！」

後ろで再び始まった口論に、彼らと再会するまでにはもう少し時間がかかるかもしれないと、内心溜息をつく弥尋だ。


「いらっしゃい」

「あ。こんにちは」

通された明るく広い拭き吹けのリビングには、今日も若旦那風に着物を着た三木の兄雅嗣が座ってにこやかに出迎えてくれた。雅嗣の膝の上には幼児がいて、見慣れぬ人の登場に目をパチクリさせていた。

「この間はお土産、どうもありがとうございました」

「どういたしまして。隆嗣と父さんは？」

「まだ玄関に……」

「ああ」

それだけで事情を察したらしい雅嗣は、

「いつものことだから放っておいても大丈夫。さあどこでも好きな場所に座って」

と、ソファを指した。

大勢が余裕で座れるスペースも数もあるソファのどこに座ってもいいと言われても、上座とか下座とかあるのではと考える弥尋に、義母が、

「こっちにお座りなさい。先にご飯をいただきましょう」

と、楕円形の大きなダイニングテーブルの方を示してくれなければ暫く悩んだことだろう。

「そうだな。せっかく作ったのに冷めてしまうと勿体ないからね。優斗、隆嗣おじちゃんとおじいちゃんを呼んでおいで」

　雅嗣は膝の上に乗せていた五歳の息子に言った。

　目が大きくクリクリとした愛らしい幼児は、先ほどから父親にしがみついてちらちらと見知らぬ訪問者を気にしていたのだが、顔を向ければ胸に顔を埋めるというように、恥ずかしがってこちらを見てくれないため、弥尋も話しかけるタイミングがわからずどうしたものかと思っていたのだ。

（小さな子供に怖がられるような顔はしていないはずなんだけど……）

　芽衣子の子供、千早には初対面から懐かれていた自負があるだけにちょっとショックな弥尋である。

　優斗と呼ばれた幼児はコクンと頷くと、膝の上から降りて、パタパタとリビングを出て行った。

　小さな姿が見えなくなってから、弥尋は雅嗣とダイニングテーブルについた。今日も薄い藍色の和服の三木の兄は、名前通り優しげで優雅な笑みを浮かべた。

「優斗は人見知りが激しくてね。決して弥尋君を苦手にしているとか、そんなのじゃないから安心していいよ。何回か顔を合わせるうちに自然に目も逸らさなくなるから」

「そうなんですね。よかった、もしかして初対面で嫌われちゃったかと思って心配しました」

「大丈夫。あれで結構気にしてたみたいだから、意外と早く慣れるかもしれないと僕は思ってるんだけどね」

「会うのは初めてですよね」

　それで気にしていたとはどういう意味なんだろうかと首を傾げた弥尋へ、お茶を淹れながら雅嗣は苦笑して廊下の向こうを顎で示した。

「ほら、うちには弥尋君弥尋君煩いのがいるだろう？　それを聞いてた優斗がね、じいちゃんがそんなに言うヤヒロクンは一体なんなんだろうって僕に何度も訊い

（幼稚園か保育園でいじめられる原因にならなきゃいいけど……）

――ぼく、大きくなったらおよめさんになりたい。

――ゆうとくん、ばかじゃないの？　およめさんはおんなのひとがなるんだよ。ゆうとくんはおとこのこだからなれるわけないじゃん。

――なれるよ！　なれるってぼくのぱぱ、いったもん！　おじいちゃんもいったもん！

――うそだよーだ。おとこのおよめさんなんか、おれみたことないもん。

――ぼく、みたことあるもん。おじちゃんのおよめさん、おとこだったもん！　うわぁーんっ……！

（ディープな世界だ……）

ていたから」

「うわあ……」

話には聞いていたが、そんなに義父は自分に会うのを楽しみにしていたのかと思うと、この家の中でどんな話がなされていたのか気になってたまらず、だが訊くには恥ずかし過ぎるというジレンマに襲われる。

「訊かれて何て答えたんですか？」

とりあえず、義兄が父親として息子にどんな回答をしたのかだけは知っておかねばと尋ねれば、雅嗣はそれはもう素敵な笑顔を浮かべて言った。

「隆嗣おじちゃんのお嫁さん」

間違ってはいない。間違ってはいないが、どこからどう見ても男の弥尋を見て五歳の子供はどう感じただろうと思うと、少し意識が遠のいてしまう。

嫁は嫁。妻は妻。だが世間様の常識に当て嵌（は）めるのなら、お嫁さんは女性がなるもので、決して男に使う呼び名として浸透しているわけではない。

想像すると少しへこむ。自分たちは好き合って養子縁組という名の婚姻関係を結び、事実上夫婦として過ごしているが、小さな子供に正直に告げてよいものか。

しかし。

「優斗はちゃんと理解してるよ」

そんな弥尋の葛藤も雅嗣はお見通しで、静かに頷きながら安心させるように言った。

「おじいちゃんとおばあちゃん、芽衣子おばちゃんとアンディおじちゃんみたいに男女で結婚してる人もいれば、隆嗣おじちゃんみたいに男同士で結婚する人もいるってこと。お外では言わないようにとは言ってるけど」

「そうなんだ……」

「大きくなれば自然にわかるようになるだろうしね。だから弥尋君は堂々としていればいい。世の中にはいろんな夫婦の形があることを実践してるんだから、胸を張ってくれなきゃ」

種の保存とか子孫を残すこととか、そんなものより何より、好き合っている者同士が互いを唯一と認めてするのが結婚なんだよ、と。

「はい」

穏やかな笑みにつられるように弥尋も静かに微笑んだ。

「さあ、二人ともお喋りはそのくらいにして、冷めないうちに食べてしまいましょう」

雅嗣と話している間に、義母はすっかり用意を整え終えてしまっていた。

「あ、お手伝いしなくてすみません」

「気にしないで。今日はお客様なのだから椅子に座って待っていればいいのよ。その代わり、この次来た時は遠慮なく手伝ってちょうだい」

「はい」

次もあるのだと、歓迎されていないわけではないのだと、三木に似た少し硬い口調の中に気遣いを見つけ、弥尋は笑顔で頷いた。

大きな皿の上には手巻き寿司が乗せられ、揚げ物や煮物、サラダなど、各自好きなものを選んで取れるようになっていた。これなら自分の食べられる分だけを食べることが出来、残す心配がないのが有難い。

そうやって三人、先に「いただきます」と手を合わせ、箸を動かしていると、軽やかな足音が一つと重い足音が二つして、ダイニングに続く扉が開いた。

「パパ」

お使いを無事に済ませた優斗は、それまで繋いでいた清蔵の手を離すと雅嗣に駆け寄り、膝に抱きついた。

「ちゃんと呼んで来てくれたんだな。ありがとう優斗」

「ありがとうね、優斗。おじいちゃんたち、喧嘩してなかった？」

「してたけどやめたよ」

義母の目が夫と息子に向けられ、二人はバツが悪そうな顔で目を逸らし、黙って椅子に座った。その際、弥尋の隣に一つだけ空いていた席を巡って軽く火花が散りかけたが、

「あなたはこちら」

義母の命令によって義父は泣く泣く弥尋の斜め前、義母のはす向かいに腰を落ち着けた。結果、当然のように弥尋の右隣に座ったのは三木で、数分ぶりに見る弥尋の顔に癒されたのか、ほっと息をつき、弥尋は小さく笑った。

「もう喧嘩しないでくださいね」

「善処する。私が悪いわけではないんだが」

「そういうことを口にするからでしょ。帰るまで仲良くしてください」

帰ったらずっと一緒にいるからと小声でつけ足せば、三木はテーブルの下で弥尋の手をぎゅっと握った。

（ほんと、仲がいいなあ）

図らずも夫婦のコミュニケーションを目撃した雅嗣は、あの弟がここまで溺愛する相手を見つけたことを

未だに信じられない気持でいた。

子供用の少し背の高い椅子に座った優斗も、やはり弥尋が気になるのか何度もちらちら見ており、そんな光景もまた微笑ましい。

父はさかんに弥尋に話しかけ、この鰤の照り焼きの脂の乗り具合がよいだの、磯辺焼きは自分が作ったなどと話し、弟に睨まれている。姿勢よく箸を口に運ぶ母親だけがいつも通り。

そして弥尋。弥尋は困惑しながらも、義父には笑顔で応えつつ三木に構い……というように、食べるのと同時にいくつもの作業をこなさなければならなかった。

（料理はとっても美味しいのに……）

夫とその家族に歓待されて幸せなのに、ちょっと気疲れしそうな十八歳の若妻だ。これも新妻に課せられた試練のようなものである。

あれこれと尋ねる義父に、学校での様子や生活に不満はどこにもないということを伝えると、よかったよかったと喜ばれた。

「いつでもこの家に遊びに来ていいからね。むしろ週末は泊まり込みで」

「却下」

うきうきと提案する父にすかさず言葉を挟んだのは三木だ。

「せっかくの週末をどうして他人のいる場所で過ごさなければならないんですか。私と弥尋がゆっくり過ごせる貴重な時間を邪魔しないでください」

「けちめ」

「けちで結構」

広いテーブルの上でフンと火花を散らす二人をやんわりと諌めたのは雅嗣だ。

「お父さん、それはお父さんが悪い。僕も隆嗣の肩を持たせてもらうよ。こんな可愛い奥さんがいるんだから、せっかくの時間を取り上げたら可哀想だよ。ねえ弥尋君」

せっかくの時間ってなんだろう……。もしかしてやっぱり夫婦生活のことを言ってるのかな、つまりはセックスする時間とかべたべたする時間とか……──。

弥尋は誤魔化すように笑うより他なかった。

（オープン過ぎる、オープン過ぎるよ、この家族……）

三木のカミングアウトもきっと彼らのことだ、

「へえ、そうなの」

この一言で片付けたのは想像に容易い。三木屋グループを率いるトップの家族とは思えないほどフレンドリーで、大らかで、そして一般的だ。

三木の祖父の家は重厚な趣があり、お手伝いさんや執事に運転手──と絵に描いたようなお屋敷の雰囲気だったのに比べれば、家の立派さを除けば弥尋の実家、本川の家族と同じような感じだ。

もっと厳しい凛とした威厳のある家庭を想像して緊張していただけに、半分肩透かしを食った気分になる。

（お義母さんだけはいかにもな良家の奥様って感じだけど）

三木の性格はこちらの母親の方の遺伝子が強そうだ。表情にあまり出ないだけで、きっと情は厚いのだろう。でなければ、弥尋の知っている芽衣子や雅嗣のような大らかでさっくりとした人間が出来上がるはずがない。

つまるところ、義母は家の中の随所を締め、しっかりとまとめあげる役割を持っているということだ。

三木はさかんに袖を引いて帰ろうと弥尋を促したが、食事が終わってすぐに帰るというのもさすがに非礼に思われ、とりあえず良好な雰囲気を保ったまま広いリビングに場所を移した一同は、三木の母親が淹れたお茶と抹茶の風味で甘さを抑えた淡雪羹をつまんだ。

その際も、弥尋の隣には三木がくっつくようにして場所を確保しており、余人の入り込む隙間はないとアピールを忘れない。

（家族相手に牽制してどうするんだか……）

そうなのだが、妻に釘を刺されているのかものすごく残念そうな清蔵の顔を見てしまうと、これが一番収まりのよい形なのだろうと自分を納得させた。

　淡雪羹は当然のことながら森乃家本店で作られたもので、それを作っている菓子職人が三木の弟の博嗣だと知った。

「別に職人は世襲制じゃないから好きなことをすればいいと言ったんだがなあ、私は」

「あいつは昔から何か作るのが好きだったし、手先も器用だったから、一番いい居場所を見つけたことになるんじゃないかな」

　今はフランスに出掛けて研修を行っているという。

「六月の創業祭までには戻って来る予定だからその時に弟を紹介しよう。兄、私、芽衣子、芽衣子の下が博嗣になる」

「そうだな。おお、そうだ弥尋君！」

「は、はい、なんでしょうか」

「じいさんに聞いたんだが、着物を作っているらしいじゃないか」

「はい」

　義祖父母の家に挨拶に出向いた時、義祖母の咲子（さきこ）が呼んだ呉服店に反物を合わせてもらい、帯と一緒に二着作ってもらっている。まだ出来上がったと連絡は来ていないが、清蔵が話として祖父母から聞いていてもおかしくはない。

　清蔵は目を輝かせて膝を乗り出した。

「それでだな、じいさんたちが着物をプレゼントするなら私はスーツを作ろうと思うんだが、どうだね？」

「スーツですか？」

　当然だと頷いた清蔵に、弥尋は「どうしよう」と隣の三木を見上げた。

　断れと言うと思った三木は、しかし予想に反して、

「作ってくれるというなら作ってもらえばいい。スーツはいくらあっても困るものでもない」

　大学生や社会人ならまだしも、高校生の自分にそん

なにスーツを着る機会があるのかどうか疑問だが、三木の付き合いのことを考えれば、社交の場に出る可能性もないわけではない。むしろ、三木の伴侶として世のセレブな階級の方々の集まりに顔を出す機会はこれから多くなる可能性はある。

（スーツって……あれ？　もしかすると俺、一つも持ってないかも……）

これまでの冠婚葬祭は全部制服で済ませてきたが、幼い頃に七五三で子供用のスーツを着て以来、そういうものに無縁だったことに気づく。小学校の卒業式は普段着に少し色を添えたくらいの簡素なもので済ませているし、中学校以降は全部制服だ。というよりも、華やかな場に出る機会がなかった。一度見合いのようなものを設定されて騙し打ちでホテルに連れ去られたことはあったが、あの時も制服だった。

「いいの？」

「おばあさんだけに作ってもらうとまた拗ねるからな。取れる時に機嫌を取っておくのもいい」

そんなのでいいのだろうかと疑問に思うのだが、期待に目を輝かせ、ニコニコしながら弥尋の返答を待っている義父の顔を見てしまえば、確かに断るなど出来そうにない。

「ご迷惑でなければ、お願いしてもいいですか？」

「勿論だとも！　弥尋君の美しさと可愛らしさが引き立つような最高のものを仕立ててあげよう。ああ、腕が鳴る！」

腕が鳴っても、作るのは清蔵ではなく仕立て屋だ。

「それでサイズなんだが」

鼻息も荒く前のめりになる父親を、三木はぴしゃりとはねのけた。

「店には私が連れて行きます。帰りに寄って採寸してもらいます」

「それなら私も一緒に行って生地を選ぶ」

断固として譲らないぞと姿勢を崩さない清蔵だった

が、

「サプライズって言葉がありますわね」

「当日になってびっくりってやつだよね」

義母と雅嗣のさりげない会話にピクリと耳を動かした。何を考えているか見え見えなのがおかしい。

可愛い嫁とあれこれ生地を選びたい。社会人として大人として社長として、アドバイスを行い、頼れるところを見せたい。が、当日になって驚く嫁の顔もまた見てみたいのだ。葛藤に葛藤を重ねて、清蔵の天秤は後者に傾いた。

「そ、そうだな。じゃあ隆嗣、お前が責任持って弥尋君をテーラーに連れて行け」

「いつものところでいいんですか？」

「ああ、あそこなら間違いがない」

「わかりました」

話の流れから察すると完全オーダーメイドのスーツのようだ。しかも固有名詞を出さずに話が通じるところをみると、三木家御用達、ついでにセレブ御用達の雰囲気がプンプンする。スーツといえば全国展開の量販店や百貨店の中に入っている高級ブランドくらいしか知識やイメージのない弥尋が知らない大人の世界だ。

（こうやって大人の階段を上っていくんだね……）

自分がスーツを着た姿を想像できないのが物悲しい。

そんなことを考えていた弥尋がふと視線を感じて目を上げれば、すぐ隣のソファに座る雅嗣の膝の上にいる優斗がじっと見つめていた。

にこっと笑いかけると、きゅっと父親に抱きつく。そしてまたちらっと盗み見るので、笑いかけると再びきゅっと抱きつきながら、だがゆっくりと振り返り小さなはにかみを浮かべた。

（あ、反応返って来た）

試しに小さく手を振ると、小さな手が上げられずに振られた。

なんだか小動物が懐く様子に似ていて楽しくなった

弥尋は、いつの間にか周りの会話が止み、自分と優斗の無言のやり取りが注目されているとは気づいていなかった。

幼児の方も、気になりながらも近づけないでいた「ヤヒロクン」にようやく触れる勇気が湧いたのか、さっきまでよりはずっと弥尋を見つめている時間が長い。

手を伸ばせば届く距離。だがその距離を詰めることの出来ない優斗に、弥尋がそろそろと近づいて行く。

（そーっと、そーっとね）

怖がらせないように、ゆっくりゆっくり近づく弥尋の手と、膝の上から身を乗り出すようにして伸ばした優斗の手がようやく指先一つ分、触れた。

見上げる瞳と見下ろす瞳が交わって、互いの顔が笑顔になる。

「ヤヒロクン？」

「はい」

「ぼく、みきゆうと。ごさい」

「みきやひろ、十八歳です」

「ヤヒロクンじゃないの？」

「ヤヒロクンだよ。本当の名前は三木弥尋。優斗君とおんなじ三木っていうんだよ」

「およめさん？」

「うん。およめさん」

優斗はほわっとはにかみ笑いを浮かべた。背後に咲いた花が見えた気がしたのは錯覚か。

「ヤヒロクン、みいこせんせいよりかわいい」

「ありがとう。優斗君も可愛いよ」

可愛いと言いながら繋いだ指を軽く振れば、嬉しそうに目を閉じる子供は、まるで子犬か子猫のようだ。

そこだけほんわりと和みの空気を醸し出していたのだが、横合いから伸びて来た腕が弥尋の腰を攫（さら）って優斗から引き離す。

「あれえ？」

「弥尋君の席はここ」

そのまま三木の膝の上に乗せられて弥尋が赤面したのは言うまでもない。

同じように優斗は雅嗣の膝の上に抱き直され、残念そうに弥尋と三木を見つめている。

「優斗、弥尋君とお揃いだねえ」

のんびりと雅嗣が言えば、優斗はにっこりと笑った。

「ヤヒロクンとおそろいでだっこ」

「おとうさんは優斗を大好きだから抱っこするんだよ。隆嗣おじちゃんも弥尋君を大好きなんだね」

「お義兄さん……。それに隆嗣さんも」

家族の前での抱っこは恥ずかしく、膝から降りようと三木の手をパシパシ叩くが、三木の腕が離すものかとがっちりと締めつけて離さない。

「大好きなら私も弥尋君を大好きだぞ。ほうら、弥尋君も優斗も私の膝の上においで」

両手を広げてアピールした清蔵だったが、

「あなたはお呼びじゃありませんよ」

ぴしゃり放たれた妻の言葉に打ちひしがれる。

「私だって、孫と嫁を抱っこしたいんだ」

「抱っこするなら孫だけになさい。息子の嫁を可愛がるのはいいですけれど、限度を弁(わきま)えないと嫌われてしまいますよ。そうなっても私は知りませんからね。そんなに抱っこしたいなら、娘の婿になされば？」

途端に清蔵はとんでもないと体を大きく震わせた。

「あの熊を膝に乗せろというのか、お前は」

「膝の上に乗せたいのでしょう？　いいじゃありませんか。娘の婿でも」

「冗談じゃない！　あんなデカいのを乗せたら私の膝が潰れてしまうじゃないか！　重過ぎて抱っこにすらならんわ！」

冗談でもそんなことを言うなと清蔵は震える自分の体を両腕で抱き締めた。

「確かアンディさんって隆嗣さんより背が高かったよ

ね」

弥尋たちが住むマンションにやって来た芽衣子の夫アンディは、玄関を頭を低くしなければ入れない立派な体格の持ち主だった。さすがアメリカ人、根本的な体のサイズが日本人とは大違いだ。そのアンディを三木の父が膝抱っこ。三木の父も年代的な標準よりは背も高くがっしりしたナイスダンディだとは思うが、さすがに無理だろう。

清蔵が断固拒否を訴えるのもわかる。

想像するだけでおぞましい――しかし見ようによっては滑稽で愉快な光景が浮かび、弥尋は軽く頭を振って映像を追いやった。

義父の日頃の行いのなせる業か、平然としている義母、雅嗣、三木だったが、しょぼんとした祖父を気の毒に思ったのか、父親の膝から「うんしょ」と掛け声を掛けて滑り降りた優斗が清蔵の座るソファまで移動し、膝の上によじ登った。

「おじいちゃん、なかないで。ぼくがだっこしてあげるから」

まだまだ豊かな頭髪を撫でる小さな手。抱っこするのではなく、抱っこされる側なのだが、まだ優斗には言葉の違いがよく摑めていないのだろう。それでも可愛い孫の手によって、清蔵は復活した。

「ありがとうな、優斗。じいちゃん、嬉しいぞ」

「ゆうと、おじいちゃんすきだもん」

「じいちゃんも優斗が大好きだぞ」

にこにこと機嫌よく優斗を膝に乗せた清蔵に弥尋もほっとする。自分が膝の上に乗るのは流石にどうかと思うが、まだ小さい優斗なら十分義父の膝の上で効果を上げそうだ。

隣からこっそりと雅嗣が耳打ちした。

「優斗がいれば父さんは機嫌がいいからね。これからは弥尋君の威光にもあやかれそうだけど」

だがそれは隆嗣が許さないだろうけれどね、と雅嗣は弟の弥尋を見る目を見ながら思う。前に森乃家で会った時にも感じたが、弥尋が傍にいると空気が違うのだ。

「弥尋君、隆嗣をよろしくね」

「はい」

結局、二時過ぎまで居座ってしまったが、テーラーに寄る予定が入ったため、辞去することにした。

人見知りしていた名残でまだ簡単に話しかけては来ないが、触ってもいい人、怖くない人という子供なりの位置づけが出来たせいなのか、帰るという弥尋に真っ先に駆け寄ってきて手を繋いだのは優斗だった。

これには三木も苦笑するしかない。子供といえど、ヤキモチは妬くし、勝手に弥尋に触って欲しくない気持ちはあるのだが、口にしてしまえば「大人げない」と弥尋に呆れられるのがわかっていれば、学習もする。

玄関までの短い距離くらい子供に譲ってやろうと、寛大なのか狭量なのかわからない思考の結果の譲歩である。

「今日はご馳走様でした。お料理、とても美味しかったです」

一家の主婦、義母にまずお礼を言えば、義母はニコリと微笑んだ。

「次は一緒にね」

「はい」

それからと清蔵に目を移す。

「お義父さん、今日はお招きありがとうございました。これからもどうぞよろしくお願いします」

「や、弥尋君っ、今、今なんと……？」

「これからもよろしく？」

「その前だ、前！　私のことを、お、おと……」

「お義父さんですか？」

「そうだ。お義父さん……いい響きだ。聞いたか、お前。雅嗣も」

「聞いてますよ」

「聞こえてるよ。弥尋君、私のことは遠慮なくお義兄さんと呼んでいいからね」

「はい」

喜びに震える清蔵は、弥尋の手をぎゅっと握った。

「しばらく寂しいが、次に会えるのを楽しみに待っているからな。いや弥尋君が来てくれるならいつでも予定は空けておくとも！」

「お父さん……」

「あなた……」

「父さん、いい加減に」

自分以外の家族三人から冷たい目で見られ、清蔵はコホンと咳払いをした。

「弥尋君！　スーツも楽しみにしていてくれ」

「はい」

「弥尋君」

玄関のドアを開けて待っている三木の横に駆け寄って、もう一度、振り返り三木の家族――新しい弥尋の家族に頭を下げた。

そして三木の隣に寄り添うようにして歩き出す。

そんな二人の後ろ姿をドア越しに見る三木の母の瞳には、ほっとした色と息子夫婦への惜しみない愛情が溢れていた。

「本当に仲がいいこと」

「隆嗣のやつがすっかり惚れ込んでしまってますからね。性格もいい、頭もよくて器量よしとくれば、ホント、羨ましいくらいだ」

母は長男の言葉にくすりと笑った。

「本当にそうね。隆嗣はいい人と出会えて本当によかったわ」

遠縁から持ち込まれた見合いの話を蹴り続け、そして出会った生涯を共にする相手。たとえそれが同性でも、何に対しても特別な興味も欲しいものも示さなかった息子が選び取った手だと思えば、幸せを全力で応援したい。

それから三木の母、馨子は、長男を振り返って苦笑した。

「あなたにもそんな方が現れればいいのだけれど……」

派手に揉めて警察沙汰にまでなった離婚を経験している雅嗣はひょいと肩を竦めた。

「お母さん、それは言わない約束ってものですよ」


三木邸を辞した弥尋たちは、赤坂（あかさか）にある三木家御用達のテーラーまで行って採寸してもらい、帰宅した。

「もっと大きな店だと思ってたからびっくりした」

「小松（こまつ）のことか？」

「うん」

年代を感じさせる赤レンガの外観を持つテーラー「小松」は、間口も狭く本当に小さな店だった。ただし、中に入れば奥には仕立てるための工房、手前の部屋には生地の見本やデザインが溢れ、棚に書かれた納品日や付箋の数を見ただけで、注文者は意外なほど多いのだと見て取ることが出来た。

主人は老年と称してよい男性で、息子とさらにその息子の三代で店を切り盛りしている家族経営だが、仕事はとても誠実で確か、海外とのやり取りも自分たちでネイティブな言語を操って交渉していると知り、びっくりしたものだ。

弥尋の場合、生地とデザインは清蔵に一任することにしているため、採寸だけで終わったのだが、モデルとなった人たちがスーツやドレスシャツを着て写っている写真は、どれもこれもがその人にぴったりと合ったまさにオンリーワンだと、ファッションに疎い弥尋も感心させられた。

「隆嗣さんのスーツも小松さんに作ってもらってるの？」

「半分はそうだな。普段使いの背広はデパートで済ませてしまうが、少し高級なものは全部小松に任せている」

　試しにクロークにある三木のスーツのタグを見れば、確かに四分の一は小松製のようだ。だからといって他のスーツが吊るしの量販スーツというわけではなく、それなりに名のある百貨店に入店している有名紳士服店で仕立ててもらっているのだが。

　三木に言わせれば、「着心地がやはり違う」らしい。たとえば肩を上げた時に引き攣らない遊び部分の取り方、歩く時の歩幅に合わせたゆとりなど、細かい部分で小松に軍配が上がるという。

「でもそんなお店なら高いんじゃ……」

「父が出すと言っているんだから弥尋君は気にしないでいい。私としては生地やスタイルまでこちらで決めたかったんだが……」

　それをしてしまえば父親がまたごね出すに決まっているのだから、かなりの譲歩だ。幸い小松の店主は弥尋本人に会っている。採寸の間に簡単な会話もしている。プロとして、長年の経験と洞察力からどんな色や形が最も弥尋の魅力を引き出してくれるのか、父親にちゃんと説明してくれるだろう。

「スーツかあ、どんなのになるんだろう。でも着て行く機会はあまりないような気がするけど」

　天井を見上げながら呟けば、三木は「おや？」という顔をした。

「聞いてなかったのか？」

「何をですか？」

「六月に創業祭があると話していただろう？」

「うん。隆嗣さんの弟さんがそれに合わせて帰って来るって話なら聞いてたよ」

「その創業祭には弥尋君も出席するんだぞ」

「……参考までに訊くけど、創業祭って何？」

　創業祭というからには学校で言う創立記念日のようなものだということはわかる。三木屋か系列の森乃家、経営している会社のどれかを起業した日なのだろう。だが具体的に何をするかがわからない。

「創業祭だから、系列や取引先を集めての簡単な食事会が行われる」

「どこで？」

三木が告げたのは世界的にも有名な外資系ホテルだった。

「……それは食事会じゃないよ、パーティーって言うんだよ……」

各界の著名人や有名人も参加するというその大規模な立食会のどこが簡単な食事会なのだかと、弥尋は認識の違いに頭を痛くした。

「そうか？　だが、五十年や百年といった節目の年ではないから、派手ではないんだ。確かに取引先は招待されるが、ほとんどが役員や従業員、その家族たちへの慰労を込めてのもので、二百人か多くても四百人くらいだぞ」

「うん、隆嗣さん。それはもう立派なパーティーだよ。そしてそれに俺も出るんだね」

「弥尋君は私の妻だからな。夫婦同伴は基本だ」

「紹介される？」

「私が必要だと思えば紹介するし、そうでなければ無視して構わない。ただ弥尋君は私のものだということと、私が弥尋君のものだということだけは認識してもらいたいと思っているんだが」

どれくらい血が繋がっているかわからないくらい遠い親戚や発言権を持つ役員も来る。

（ということは、隆嗣さんにお見合いの話を持ってきた人たちも来るってことだよね）

つまり敵と対面するわけだ。三月にホテルで対面したあの女性とも顔を合わせるかもしれない。三木が同性愛者で男を伴侶にしていることは親戚の間では周知のことなのかもしれないが、全面的に好意をもって受け入れられていると楽観するほど弥尋は愚かでも馬鹿でもなかった。

（なるほど。芽衣子さんが言っていたように嫌味や悪意は覚悟してた方がいいかもしれないな）

それが怖いわけではない。三木は自分の夫なのだから、たとえ別れろと迫られても断固として頷かない意思は固く、揺らがない。

（負けるもんか）

どんなことを言われても。どんな態度を取られても。

三木の妻として、三木の家族に受け入れられた存在として、毅然として戦う気持ちは出来ている。認めないと思うだけならそれは自由だ。だがそれを理由に、別れさせようとするのは大きなお節介。

「どうかしたのか、弥尋君」

「隆嗣さん」

「どうした？」

抱きついて来た弥尋を笑いながら受け止める三木の腹へ顔を埋めながら、弥尋は言った。

「俺、頑張るね」

「何を頑張るのか知らないが、応援してるよ」

「うん」

顔を上げれば、三木の目が優しく笑っている。

「隆嗣さん、大好き」

「私もだ」

触れ合った唇は、すぐに深く互いの口中を貪り合う。

三木の手がライトスタンドに伸び、室内の照明が薄暗く変わる頃には、弥尋は全裸でベッドに横たわり、夫が施す愛撫に体を震わせ、小さな声を上げるのだった。

「あれ、坊主にするんじゃなかったのか？」

週明けの学校。登校した弥尋は、教室に入るなり先に来ていた鈴木に揶揄（やゆ）されて、フッと余裕の笑みを浮かべた。

「わざわざ話題を提供して新聞部の売り上げに貢献する気はないからね。それにイメージは大切にしないといけないだろう？」

「清純でおとなしやかで、清楚（せいそ）な？」

「そうそう、桜霞の君」

「ふうん。まあ確かに、今の髪型から冒険しようって気にはならないか。でも三木、髪はともかく、なんか肌が違わないか？」

「そう？」

弥尋は自分の頬に手を当てた。

土曜の夜と日曜の昼まで三木とベッドの中でいちゃいちゃし、愛されまくっていたから疲労が見えているのだろうかと思ったのだが、鈴木が言いたかったのは別のことだった。

「艶々してるような気がする」

新陳代謝が活発なのはよいことだ。愛し愛されて、三木の手や口で散々イかされて、中にもたっぷり愛情を注ぎ込まれたせいかなと一瞬思ったが、さすがにそれは口に出来るわけもない。

「そ、そう？　だったらたぶんマッサージのおかげだと思う。金曜日に髪の毛切りに行ったら、なんと頭と顔のマッサージまでついてたんだ。それでね――……」

髪型にこだわらないのは鈴木も同じだが、芸能人も通っているという有名な美容室の話題は情報人として知っておきたいネタである。

「ふむふむ。では三木リポーター、体験取材の結果を報告してくれたまえ」

「オーケー、デスク」

二人は朝のHR（ホーム・ルーム）にやって来た担任に注意されるまで、サロンアフターの話題で盛り上がるのだった。


桜霞の君ご乱心やら心境の変化などという、杏林館高校新聞部発行紙を賑わせることなく、生徒会役員や各委員会が話題を提供する「今週の執行部」欄以外に「今週の桜霞の君」などという、正直弥尋にとっては実にくだらない、だが鈴木に言わせれば需要のあるコーナー掲載を森乃屋の毎月限定セットで手を打つことに同意し、あの話題の「サロンアフター」で髪を切った桜霞の君の写真を掲載したり、体育委員長とのツーショットで話題を提供したり、欠伸（あくび）姿を披露したりしてのんびりと可もなく不可もなく過ごすうちに、その日はやって来た。

六月下旬の三木屋の創業祭である。


土曜日の夕方からディナー形式での開催のため、ゆっくり出掛ければいいやと弥尋も三木も、普段通りにのんびりと日中を過ごす。

昨夜は寄り添って眠るだけだったので、特有の腰のだるさもなく、元気に朝から洗濯に掃除にと家の中を駆け回る。

「乾燥機ってあると本当に便利なんですね」

外はあいにくの雨。

新居に引っ越しするに当たって、ガス式衣類乾燥機を購入してはいたものの、天日干しの気持ちよさも捨て難く、時間に余裕があって天気がよい日は天日で乾かすことも多かった。だが、ここ一週間はこうして雨続きのために、もっぱら乾燥機のお世話になっていた。

「本川の家にはなかったのか？」

「ないですよ。だから雨が続いた日なんかは、家の中が洗濯物だらけになっちゃって大変だったんです。実則兄ちゃんのウェアとか、毎日洗わないと汗臭くなるし」

スーツで出勤の長兄志津や父のカッターシャツはクリーニングに出せばよいとしても、ほぼ普段着状態の実則のシャツや弥尋の制服のシャツなどは、毎日洗わなければならず、母は結構大変だった。

「一度実則兄ちゃんが洗濯物を溜め込んだことがあってね、その後がもう悲惨だったんですよ」

乾かないのなら晴れるまで洗濯に出さずにいようと、実則なりの配慮だったらしいのだが、もう浅慮としか言いようがなく、三日ほど放置されていたそれらを発見した母は、目を吊り上げて鬼の形相で息子に特大の雷を落とした。

「どうしてこんなになるまで溜めてるのッ!! 捨てなさいッ！ それか今すぐ庭で燃やしなさいッ！」

どんなものだったのか好奇心から見てしまった弥尋は後悔した。

「あれからだね。実則兄ちゃんの部屋をみんなで定期的にチェックするようになったのは」

散らかればすぐに掃除命令が下される。放置すればそれが何だろうとゴミ袋の中に直行だ。

「お義母さんは大変だったんだな。その点、弥尋君はきれい好きだから、うちの中はいつも清潔で気持ちよく過ごせる」

「隆嗣さんもだよ。こういうのは二人とも一緒にやるから維持できるんだと思うし」

「そうだな」

乾燥機から出来上がったばかりの洗濯物を二人でパタパタ畳みながらのお喋りは楽しく、休日に三木とゆったり寛いで過ごせることが弥尋の一番の楽しみになっていた。

「何時くらいに家を出れば間に合いますか？」

「六時でいいんじゃないか？」

「……でもパーティーは六時からですよね」

「最初からいる必要はない。挨拶のある父や祖父はともかく、私たちにまでそう注意は払わないだろう。遅れて行ったところで、いつからいたのか気づきはしないさ」

「そうかなあ」

せっかくの集まりなのだから、出席者は縁を結ぼうと目を皿のようにして三木家の人々を探していそうな気がする。いや、確実にそうだろう。

離婚歴があり現在独り身の副社長雅嗣、他社との二足の草鞋ではあるが部長職の隆嗣、この二人に群がる女性たちとその家族は必死に違いない。堂々と近づけるチャンスなのだ、見逃すはずがない。

「最初の挨拶は聞いていても楽しくないだろう？　それなら会食が始まってから紛れた方が気が楽だ」

「なんだか食べるのが目的で行くような感じだね」

「違うのか？」

「当たってる」

弥尋はくすりと笑った。バイキング形式のパーティーならばいろいろな種類の食べ物が並んでいるはずで、それを制覇するのが弥尋の目的の一つなのだ。デザートもきっと豊富に違いなく、今から楽しみだ。敵陣の中に飛び込むには、腹ごしらえも必要。楽しみながら敵意に立ち向かう、それが弥尋の創業祭でもある。

「スーツだからたくさん食べられるしね」

「後でお色直しがあるから食べ過ぎると帯がきつくなるぞ」

「それが心配なんだよなあ……」

当初、弥尋は三木の父親から贈られたスーツを着て行くつもりだったのだが、それに待ったをかけたのは祖父だった。どうせなら、先日祖母に作ってもらった着物を着て行けと、そう言ってきたのである。

「スーツならいつでも着て出掛けることが出来るが、

着物はそんなに機会はないんだぞ」

と言って。

正論ではあるのだが、それを聞いた清蔵も黙っておらず、どちらを着るかの判断を委ねられた弥尋がどちらにも角が立たないよう出した苦肉の策が途中で着替えるというもの。この案には二人とも納得してくれたのだが、今度はどちらを先に着るかで揉め出して、これを収めたのも弥尋の言葉だ。

「スーツを先に着ます。自分で着るから手間もかからないし、せっかくの着物を会場に行く途中で汚してしまうこともないでしょうから。着替える場所があるなら、お義祖母さんたちに着物を着せてもらえると有難いです」

着付けの資格を持っている沢井も出席すると聞いているので、家から着て行くよりも楽でいい。

弥尋としては折衷案という形での提案なのだが、祖父と父親は「お色直しは定番だからな」と納得。着物は祖父の家から直接運び込まれる手筈になっている。

「どのタイミングで着替えればいいと思う？」

「その場を逃げ出したくなった時」

「逃げ出すって……？」

「弥尋」

三木の腕が弥尋の身体に回って抱き締めた。

「嫌な思いをするかもしれない。きつい言葉を言われるかもしれない。それでも私と一緒に行ってくれるか？　もしも行きたくないというのなら、二人で欠席したっていいんだぞ。おじいさんや父さんもそれは了承済みだ」

「お祖父さんたちも？」

驚いて三木を見れば、頷いた。

「弥尋君のことを本当に可愛いと思ってるんだ、二人とも」

「……隆嗣さん……」

弥尋はぎゅっと三木のシャツを摑んだ。何を着て行くか、どちらが弥尋をエスコートするか、大人げないと祖母や義母に呆れられながら言い合っていた二人の姿を思い出し、弥尋はスンと洟をすすった。

「行くよ。だってお祖父さんもお義父さんも楽しみにしてるんだから。俺も楽しみなんだよ。美味しいデザートがいっぱいあるんでしょう？　お祖父さんが言ってたよ、悠翠からも板前さんが出張してライブで料理してくれるって。だから絶対に行かなきゃ」

「いいのか？　悠翠ならいつだって連れて行くことが出来るし、吉祥寺や白金に遊びに行けばそれだけであの二人は喜ぶ。わざわざ顔を出さなくても」

「いいんだ。それにね、隆嗣さん」

　弥尋は体を離すと、三木の頬を両手で挟み込み、鼻先がくっつくほど近くに顔を寄せた。

「俺は隆嗣さんの妻なんだから、社交の場に隆嗣さんの隣に立つ人として一緒に行くのは義務で、そして俺だけに許された権利なんです。俺は隆嗣さんの妻。隆嗣さんは俺の夫。他の人に堂々と主張できる機会を逃せるわけないじゃないですか」

　いつもはチェーンにつけて首にかけられている指輪も、今日は堂々と指に嵌めて出席できるのだ。

「俺が主張できる数少ない機会を、キャンセルするなんてことしたくないです」

「弥尋……」

「大丈夫。俺は弱くない」

「弥尋君が可愛い見た目に反して強いのは私も知っているが」

「そうでしょうとも」

　それにね、と弥尋は三木の鼻の頭に小さなキスを落とした。

「それに隆嗣さんがいてくれる。そうでしょう？」

「……ああ。私がいる。弥尋君の傍には私がいる」

「うん」

　今度は三木が弥尋の鼻に、頬に、額にと口付けを降らせていく。

「弥尋、弥尋。本当に……私は君が愛しくてたまらない」

　こんなにも愛してくれる存在がいる。それは至上の幸せだ。


　雨が止まない中、会場となるホテルにいつもの三木のアウディで乗り付けた弥尋と三木はスタッフに車を預けると、すっと姿勢を正して、二人並んでホテルの中に足を踏み入れた。

　広く落ち着きのあるロビーの中ほどにある緩やかな螺旋階段を上がれば、すぐそこは数百人を収容することの出来るバンケットルーム――大宴会場で、今晩催される三木屋の創業祭会場だ。

「大丈夫か？」

「大丈夫」

　三木の姿を認めて近づいて来たコンシェルジュを手で制し、三木は緊張で固く強張(こわば)る弥尋の背中に手を添えて、エスコートしながらゆっくりと階段を上った。

　長身でしっかりと筋肉がついた体を包むのは、光沢のある黒のダブルスーツ。ストライプの薄い透かしが入った白いシャツを着て、深みのある深海の色をしたネクタイ、前髪はきっちりとオールバックに上げられて、端正な顔立ちが露わになっている三木。

　そして、淡いベージュ色のスーツのジャケットの内側に、チョコレート色をしたネクタイ無用のマオカラーのシャツを着込んだ弥尋が三木に寄り添う。

　少し砕けた感じを小洒落た感じに見せているのは、真珠色に輝く丸いボタンと、胸のポケットから覗く飾り用のシルクの白いハンカチーフだ。後から着物に着替えることを考慮して、髪の毛は敢(あ)えてワックスで固めたりすることなく、手ぐしで少し後ろへ流しただけでさらりとした状態のままを保っている。ただそれだけでも、すっと通った鼻筋や小作りの顔の輪郭が露わになり、美少年というよりは美青年の雰囲気を漂わせていた。

　無論、エスコートする三木の大人の雰囲気に加え、いつもと違った装いと多少なりとも緊張している弥尋の硬質さが齎す相乗効果によるものだが、見ている者には目の保養となる一対なのは間違いない。

　敏い者は気づいただろう、二人の右手の薬指にそれぞれ嵌められている銀色の光を放つ揃いの指輪の存在に。

　六時開始から四十分ほど遅れての到着だが、中央に赤い絨毯が敷かれた階段を上がってすぐのホールには、会場内から出て談笑をしている来客の姿もちらほら見られた。

　彼らは弥尋たちに気づくと一瞬目を瞠って呆け、それから相手が「三木」だと知ると慌てて座っていたソファから立ち上がって礼を取り、見ていた弥尋を感心させた。

（顔見るだけでわかるなんてすごい）

　それだけ「三木」の名前が大きいのか、それとも隆嗣が単に有名なだけなのか。三木屋の創業祭なのだから三木の家の者が主催には間違いないのだが、招待されるだけの地位を持っている人ならば、顔などの情報は知っているのが当たり前なのかもしれない。反対に知らないことの方が問題視される場合もあるだろう。

　そんな来客に軽く会釈で返しながら、二人は半分開かれた扉から中に滑り込んだ。ＶＩＰ待遇の来客も多数いることから、ホテルの内外は普段よりも厳重な警備が敷かれ、ロビーのあちこちにも私服のガードマンたちがいた。

　これは三木から教えられて初めて気づいたことで、それくらい彼らは景色や場に溶け込み、一体となりながら目を光らせていた。

「そんなに神経使うものなの？」

尋ねてから愚問だったと気づく。

「ごめん。今の忘れて。重要性、認識してなかった」

普段の三木は普通のサラリーマンのように毎日車に乗って出勤し、出張や残業のある生活を送っているが、三木という名前で括った場合、日本国内では有数の企業の子息であり重役、政財界とも繋がりが強いとなれば、十分安全には留意しなければならない立場なのだ。

それくらいの影響力を三木も三木の家族も持っている。

「いや、私も慣れることはないから同じだ」

「毎日ガードマンが張り付いて生活できる人ってすごいですよね」

「そうだな。だが優秀なボディガードは気配を悟らせないそうだぞ。ストレスを相手に感じさせたら失格なんだと知人が言っていた」

「へえ、やっぱりプロは意識からして違うんだ……」


何とものんびりした会話をしながら、二人はそっと会場に紛れ込んだつもりだったのだが、

「こら。やっと来たな、遅刻者め」

今はまだ挨拶で忙しいだろうから、腹ごしらえをしてから祖父や義父に挨拶しに行こうと、まっすぐテーブルに向かいかけた二人の前に、笑いながらグラスを出したのは弥尋も何かとお世話になる機会が多い弁護士、上田太郎だった。

「こんばんは。上田さんも招待されていたんですね」

「こんばんは、弥尋君。相変わらず美人だな。一応、俺は三木屋グループと三木家の顧問弁護士だからな、いいものを食べに来る権利はある」

「上田さんも食事目当てなんですね」

「勿論。そうじゃなきゃ堅苦しい場所に好き好んで来ようとは思わないからな。なんだ、弥尋君も料理目当てなのか？」

「はい」

「そうか。それはいい心がけだ。さっきからいくつかつまんで食べてるが、味はかなりいいぞ。奥では悠翠から出張コックが来てる。今は混雑してるから、後で行ってみるといい」

それから上田は、グラスに口をつけている三木へ言った。

「じいさんとおじさんが捜してたぞ」

「あの人たちが捜してたのは私じゃなく、弥尋君だぞ」

「ああ雅嗣に聞いた。かなり気に入られてるみたいだな、お前の奥さん」

「当然だ」

上田はからからと笑って、通りかかりのボーイから貰ったジュースを弥尋に渡した。

「酒は飲めないんだろう？　未成年だしな。オレンジジュースをどうぞ奥様」

「ありがとうございます」

渡されたオレンジジュースは酸味と甘さがほどよくブレンドされていて、弥尋の好みだった。

ドリンクバーは会場の至るところに設置されていること、ホールの右側の角のコーナーには簡易厨房が設けられ、出来たての熱い料理を振る舞ってると上田が教えてくれた。サイコロステーキに揚げたてのポテトやパエリア、悠翠は洋風コーナーの隣で寿司を提供しているらしい。

当たり前だが、森乃家の和菓子コーナーも設けられており、特に年配の方々に人気だとか。

招待状を持っている人なら誰でも会場内に入ることは出来るが、受付では身体検査を含め事前に念入りなチェックが行われている。刃物などの危険物の携帯は元より、ライターやマッチなどの類もすべて預けなければ中に入れないようになっている。

名前と役職、部署などまでが顔写真入りで受付に配布され、別人が入り込まないよう気を遣われている反面、帰るのは自由で、ロビー内で談笑するのも中で名刺の交換をし合うのも自由。要は最初の挨拶さえ終わってしまえば、後は何をしても構わないという無礼講。

毎年開催されているために、出席者のほとんどにとっては規模の大きなパーティーくらいの認識だが、初めて参加する社員や役員、取引先にとっては、多くの人と顔を繋ぐ絶好の機会とあって、名刺を交換したり紹介したりされたりの光景がどこでも見られた。

それに、

（やっぱり、だよなあ……）

突き刺さる熱い視線は、招待された人々が連れて来た女性たちからのもの。親から言い含められているのか、それとも何も知らずとも三木が注目を集める容姿の持ち主だからなのか、確実に三木だけにピンポイントで絞った視線を、会場に入った瞬間、四方から敏感に感じ取っている弥尋だった。

（隆嗣さんも気づいていないわけないとは思うけど）

今一つ、自信が持てない弥尋だ。弥尋のことになると神経質なくらい気を配る三木が、自分のことには時々鈍感になるのは毎日生活していればわかってくるもの。見合い攻撃への嫌悪で実家から逃亡した前歴があるだけに、露骨な好意を寄せる視線に気づかないわけはないと思うので、敢えてわざと無視しているのだろうとは思うのだが。

（大変なんだなあ、隆嗣さんも）

周囲からの秋波を遮るには、無表情を装うのが一番賢い方法なのだろう。下手に相手をしようものなら勘違いする女は多そうだ。その点で言えば、笑顔を振りまくタイプではない三木の取っつき難さは有難いくらいだ。

「上田さんはお一人なんですか？」

「いや、連れと一緒だ。男だがね。人がたかって鬱陶しかったんで逃げて来た」

笑う上田の視線の先、前方を見ればいくつか人の集団が出来ている。上田の連れがその中の一つに埋もれてしまっているのなら、逃げ出したくなる気持ちはわからなくもない。

「食べに来てるのに、あいつといたらゆっくり静かに食べることも出来やしない。弥尋君、君も鬱陶しくなったらさっさと離れて個人行動することを勧める」

「上田さん、余計なことを言わないでくれ。弥尋君から目を離せばそっちの方が大変だ」

「俺、そんなに信用ない？」

むっと見上げれば、三木は慌てて首を横に振った。

「違う。弥尋君が危なっかしいというのではなく、周りの目がな」

「確かに、まあ弥尋君は一人にしない方がいいだろうなあ」

上から二人に見下ろされ、弥尋は何がなんだかわからないという顔をする。

「美人な男は周りが放っておかないってことだ」

弥尋ははぁと溜息を落とした。

「そんなことだろうとは思ったけど……」

学校でも似たようなことをよく遠藤や鈴木に言われるので、大体事情は察する。「桜霞の君」という異名は学内ですっかり定着し、廊下を歩けば下級生たちの熱い視線を浴び、教師たちからもからかい半分呼ばれることがあるほどだ。

「それだけじゃないぞ。弥尋君へ不埒な行為を迫った葛原の例もある。あんな目には遭いたくないだろう？」

「絶対嫌です」

弥尋は即答した。三木以外の人間に触れられるのはご免だ。

「上田さん」

嫌なことを思い出させるなと咎めるように鋭く言葉を発した三木だが、「悪い」と謝りながら、しかし上田は「だが自覚は必要だ」と続け、弥尋は素直に頷いた。

「滅多にあることじゃあないけどな」

あっても困ると三木は憮然とし、弥尋が「大丈夫だよ」と反対に三木を慰める。そんな二人を見ながら、上田は軽く嘆息した。

弥尋本人に触手を動かす馬鹿はもういないと思うが、弥尋を妬み嫉む者たちが、直接的な行動に出ないとも限らない。こちらに関しては潜り込ませた私服ガードマンが対処してくれるだろうが、何もなければそれに越したことはない。

「なんにしても、隆嗣から離れないようにするんだぞ」

「気をつけるようにします」

「いい返事だ」

頭をぽんぽんと撫でて、まだ食べ足りないと上田が手を振って他のテーブルに歩いて行くのを見送って、弥尋は三木の腕を引いた。

「僕たちも腹ごしらえしましょうか。お腹空いちゃった」

「だからもう少し昼を食べなさいと言っただろう」

「いいの。今からお腹につめ込むから」

笑いながら三木と一緒に手近なテーブルに行き、二人で皿の上にマリネや温野菜、スズキのソテー、ポテトグラタンなどを乗せる。椅子も端の方に用意されてはいるが、座って食べるよりも、こうして好きなものを選んで味見しながら次から次に料理に手を伸ばすのが立食の醍醐味だと思っている弥尋は、「これ美味しい」「家でも作れるのかな」など感想を言い合いながら、三木と二人で料理に舌鼓を打っていた。

招待客は多数いて、皆が華やかな装いの中、どちらかといえば色合い的には地味な二人だが、仲睦まじく並んで歩く姿を振り返る目も多い。三木に対してなのか、弥尋に対してなのか、それとも一対に対してなのか不明だが、自然注目度は高くなっていく。

そんな状態だったのだが、すっかり食べ物に夢中になっている弥尋はとっくに羨望と嫉妬の視線を気にすることを放棄し、三木に至っては楽しんでいる弥尋を眺めて幸せを満喫するのに忙しく、周りの視線は最初から無視、すっかり二人だけの世界を醸し出している。

「隆嗣さん、このブロッコリー、しゃきしゃきしてて美味しいです」

チーズフォンデュのコーナーでは弥尋が三木に食べさせ、

「ソースがついてる」

ミートパイを食べている弥尋の口の端を三木が指で拭うというように。

来場してかれこれ四十分ほどそうして二人で会場内を歩き回り、食べたり飲んだりを繰り返した頃、

「隆嗣、弥尋君」

祖父である三木光利と父、三木清蔵の登場だ。二人の後ろには苦笑いを浮かべる雅嗣が付き添っていた。

三人は、人を掻き分けつつ挨拶を繰り返しながら、次の食べ物に移る前に胃袋を休憩させている弥尋たちの傍に来ると、まず何とも言えない表情で弥尋を見つめた。

「いつ来たのかね、わしらはずっと弥尋君が来るのを待っていたんだぞ」

「ごめんなさい。すぐにご挨拶しようとは思ってたんですけど、お祖父さんたちの周りにたくさん人がいたから、気後れしちゃって……」

嘘ではない。三木の家族の姿は視界には入っていたのだが、祖父たちと話をしたそうな人が周囲を窺っていたために、もう少し輪がはけてから挨拶に行こうとタイミングを計っているうちに、ついつい胃袋の求めに応じてしまっていただけなのだ。

「そんなこと気にしないでもいいんじゃぞ。弥尋君なら他の誰と話していてもいつだって最優先なのだからな。可愛い孫嫁に勝るものはない」

「そうだぞ。それにしても弥尋君、私の贈ったスーツ、よく似合ってるじゃないか」

「ありがとうございます、お義父さん。とっても着心

地いいです、この服。スーツは初めてだからどうかなって思っていたんですけど、似合ってますか？　スーツに着られているように見えてなければいいんですけど」

「大丈夫。とってもよく似合っておる。清蔵が選んだにしてはよいセンスじゃ。弥尋君の愛らしさをよく引き立てておる」

「弥尋君のために議論に議論を重ねて選んで作った芸術品だからな。いや、弥尋君そのものが芸術品」

「そうだとも。他のやつらの目に見せるのは癪じゃが、わしらの嫁を知らしめるよい機会でもあるからな」

聞いていて何とも恥ずかしくてたまらない二人の科白の羅列に、弥尋はまるで競うように褒め言葉を並べ立てる彼らから一歩引いて、三木にぴたりと寄り添った。

（恥ずかし過ぎる……）

そこまで褒め千切られるほどではないと思っているのだが、口を挟めば「謙遜する必要はないぞ」などと言いかねない雰囲気が二人にはある。いや、雰囲気というよりはノリか。晴れの場で可愛い嫁を前にして浮かれているのはわかるのだが、企業人として、経営者として社員や取引先の役員の手前、もう少し威厳というものを見せてもらいたいものである。

そう感じているのは三木や雅嗣も同じようで、兄弟は揃って溜息を吐き出した。

「頭が痛い……」

「弥尋君、来たばかりだがもう帰ろう」

それに異を唱えたのは老人と壮年の男二人。

「待て隆嗣！」

「今の今まで独り占めしておきながら勝手なことを言うな」

「父さん……。独り占めも何も弥尋は私の妻です。夫である私が独り占めするのは当然の権利です」

「じじいにも権利はあるぞ。義父にも嫁と仲良くする権利はある」

祖父もうんうんと頷く。

「それにまだお色直しが済んでおらん。せっかくの着物を着ずに帰れば、ばあさんが悲しむ」

三木はスッと双眸(そうぼう)を細めた。

「……ずるいですね、おじいさん。おばあさんをここで引き合いに出しますか？」

「ずるくなんぞないわ。最初から着物はお色直しで着るというので、清蔵のスーツを先に譲ったんじゃ。確かによく似合っているが、着物もぜひ着てくれんかの？」

最後の科白は弥尋に向けてである。

確かに、着物を着ることを楽しみにしているのは義祖父も同じだが、仕立てることに一番乗り気だったのは義祖母の咲子だ。着替えは私に任せてちょうだいね、と電話口で笑っていた祖母の顔を思い出せば、帰るのは気が進まない。

（まだデザートも食べてないし、悠翠のお寿司も残ってるし）

弥尋は三木の袖をちょいと引いた。

「隆嗣さん、もう少しいよう？　お義祖母さんやお義母さんにもご挨拶していないし、沢井さんや博嗣さんも来てるんでしょう？」

「博嗣たちは子供たちと一緒にデザートアイスを食べてたよ。優斗も一緒に見てもらってるんだ」

「だから、ね？　隆嗣さん」

「——わかった。弥尋のお願いだから今すぐ帰るのは止めにします」

仕方ないというのがありありとわかる三木の態度に、弥尋は苦笑する。

引き止めに成功した祖父たちは、してやったりとにやりと笑みを浮かべた。三木を動かすには弥尋にお願いするのが一番だと学習していたからだ。同じことが自分たちにも言えるのだけれども。

主催者が集まれば、必然的に注目度合も異なって来る。今までは三木と二人、見目のよさで視線を集めていた弥尋たちだが、三木光利に三木清蔵、雅嗣と、三木屋の経営陣が揃っていることで、弥尋に向けられる視線は問い掛けている。

三木家の次男の隣にいるあの若い男は一体誰なんだ——と。

三木については流石に知っている者も多いようだが、同伴した弥尋については誰もが情報を得ていない。辛うじてわかっているのは、三木の次男が結婚したという事実だが、それがまさか男だとは知らない人の方が多いのだから当然だ。

そんな視線に気づきながら、義祖父や義父は敢えて説明はしなかった。ただ自分たちが大事にしている少年なのだということを、態度で示す。常に弥尋の傍には三木が付き添っていることから、敏い者は関係に気づいただろうが、口にするだけの度胸はなかったようだ。

義祖父に連れられて、テーブルを回りながら三木と一緒に今後のために覚えておいた方がよい人物を紹介されていく。

どうでもいい相手は紹介さえしないのだから、祖父に紹介された人の顔と名前はしっかり覚えておこうと心に留め置く。三木屋という大きな企業の中には三木もいる。その三木のためになる人なのかそうでないのかの見極めは今は出来なくても、そのうち必要になるかもしれないと思えば、決して無意味な時間じゃない。

その分、突き刺さる視線は多かったが、弥尋は胸を張ってそれらを受け止めはねのけた。三木に愛されているという自負。三木隆嗣は自分の伴侶。三木も弥尋も、この短い時間で、態度で互いが互いを必要としている伴侶なのだと来場者に示していた。

義祖父たちだけでなく、雅嗣も含めた三木の兄弟の周りにもそれぞれ人が集まり出して来た。三木の名は

やはり伊達ではないのだ。その中には、娘を連れた取引先の役員や三木屋系列企業の役員もいて、

（なんかすごい露骨だなあ……）

さりげなく娘を紹介するところなど、何を考えてのことなのかバレバレだ。

雅嗣はいつもの柔和な笑みを浮かべながらも、頭の上には黒いもやもやが浮かんでいるように見えるし、三木に至っては役員とは会話をしても、娘たちからのアプローチにはおざなりな応答をするだけで無視する姿勢を貫いている。

自分を売り込みたくても会話が成立しないのでは続くはずがなく、しかもわざと見せるように上げられた薬指に燦然と輝く指輪を目に留めてしまい、話しかける前に退散というケースも見られた。

一歩引いたところから社会人としての三木を傍観するのは初めてのことで、

（隆嗣さん、機嫌悪そうだなあ）

パーティーがお開きになった後はしっかり慰めなくちゃと思う弥尋だった。

しかし、三木が相手にしなくても、よい男は女たちが放っておかないのは世の常だ。若い娘たちだけでなく、明らかに誰かの夫人だとわかる妙齢の女性たちまでが三木に近づくのは、見ていて正直面白くない。どころか、全然楽しくない。

（隆嗣さんは俺のなのに……。あっ、触ろうとしたな、今！）

むっとしたりハラハラしたりしながら、三木の様子を窺う弥尋を見て、祖父と父はこっそりと笑う。

（隆嗣の株が落ちれば、弥尋君を慰めるのは私の仕事だな）

（可愛い嫁を泣かせおって！　今日はわしの家にお泊まりコース決定じゃ）

その祖父たちも、時間が進行するにつれ、再び人に囲まれるようになり、最初は笑みを絶やすことなくおとなしくついて回っていた弥尋も多少疲労感を覚え、腹の方も再び空いてきた。

(少しくらい離れてもいいよね)

二メートルほど離れた場所にいる三木と雅嗣は、さっきまで周りで目をハートにしていた女たちではなく、外国の男性と話をしており、拾い上げた英単語からどうやらただの仕事の話で目を光らせている必要はなさそうだと判断した弥尋は、胃袋の求めに応じて食べ歩きの旅に出ることにした。

(悠翠のお寿司、それからデザート!)

もうそろそろお色直しの時間だ。その前に楽なスーツの時に食べておこう。

そうと決まれば行動は早い。

「ちょっと行ってきます」

三木の横顔に聞こえないくらい小さな声で話しかけ、弥尋は上田に教えてもらった壁際のイートインコーナー目指して早足で人の間を通り抜けて行った。

そこは天国だった。

「美味しいっ」

とろり蕩(とろ)けそうな赤味のマグロや海老(えび)やイカが乗った寿司は、化粧をしている女性たちや小さな子供たちの口にも優しい一口サイズで、隣で焼いているジューシー匂いも香ばしいサイコロステーキとどちらを先にすべきか悩みに悩んで、結局寿司に手を伸ばした弥尋のほっぺたを、足元まで落とすに十分な味だった。

「これ、何個でもいける」

さすがに店舗の中ではないのでネタの数はそう多くなく一般的に好まれるものばかりだが、だからこそ純粋に美味しさを楽しむことが出来た。

皿にはちゃんと醤油(しょうゆ)を入れる小さな窪(くぼ)みもついてお

り、片手でパクパク食べながら、すぐ横に用意されている熱いお茶を飲むのは、幸せな気分を満喫させてくれるものだった。

　寿司の近くにはアイスクリームやクレープなどの涼菓や冷菓が新鮮なフルーツと一緒に保冷装置の中に並べられ、どれもこれもを食べたくて目移りしてしまう。

「嬉しいな、わさびもちゃんと抜かれてるし」

　実は弥尋はわさびが苦手だ。本川の家にいる時も、たまに頼む寿司は、弥尋の分だけはサビ抜きにしてもらっていた。

「お子様だからな、弥尋は」

　次兄に何度馬鹿にされたことか。

（でもこうしてサビ抜きをわざわざ作ってるってことは、それだけわさびを駄目な人が多い証拠なんだから少数派じゃないはずだぞ）

　弥尋の周りにいるのは小さな子供ばかりなのだが気にしない。その子供たちは、親に言い含められているからなのか、イクラやマグロなど高いものばかりに手を出しており、キュウリ巻や海老派の弥尋は、せっせと好きなものを口に運ぶ。

　食べに来たと言い切るだけあって、弥尋の腹の空き具合はまだまだ大丈夫だと告げている。デザートは別腹だから、ここで寿司で満腹にさせても平気。大食漢ではないが、食べられる時にたくさん食べるのが、庶民代表の本川家で十八年間培ってきた信条なのだ。

　その勢いのまま、早く次を握ってくれないかなあとブースの中にいる職人をじっと見つめるのだから、若い職人は顔を上げるに上げられなくなってしまう。食べ物目当てなのはわかり切っているとはいえ、芸能人なんか目じゃないくらい綺麗(きれい)な少年に熱意溢れる眼差しで見つめられれば、さもありなん。

　まだかなまだかなーと鰻(うなぎ)の握りを待っていると、

「寿司が好きなのかね？」

　横から声を掛けられ、弥尋は、「はい」と頷いて話しかけた男の方を振り返った。

皺が刻まれた額と精悍な顔つき、白髪の混じった頭は短く角刈りに揃えられ、大柄な体躯を包むのは灰色の着物。任侠世界が似合いそうな男は視線だけは職人から離すことなく、再度弥尋に問いかけた。

「美味いか？」

「美味しいです。さっきまで向こうで洋風の料理ばっかり食べてたから、すごく新鮮でいくらでも食べてしまえそうです。実際に、もうさっきからずっと食べ続けてるんですけどね」

あははと笑う。入れ替わり立ち替わり寿司を食べる人は後を絶たないが、長くこの場に居付いているのは弥尋だけっった。

「他の料理は食べようと思ったらいつでも食べられるけど、お寿司はなかなか……」

「食べに行かないのかい？」

「はい。お寿司って特別な日の料理のイメージが強いせいかもしれません。それに、どうせ食べるなら美味しいお寿司の方がいいでしょう？」

「じゃあ、この寿司は坊ちゃんには及第点だってことか」

「はい。お客さんも途切れてないし、美味しいと思いますよ、本当に。あ、でも俺のは庶民の舌だから、舌が肥えた人にはどうだかわからないですけど」

「美味いと感じるのに庶民も金持ちもないんじゃないかね」

「そうかな？　そういうもんなんですか？」

「俺に訊かれてもなあ。美味いもんは美味い、不味いもんは不味い。そんなもんだろう。要は直観だ。人それぞれ好みってもんもあるしな。坊ちゃんがサビ抜きしか食べられないのと一緒さ」

「うわ……見てたんですか」

「まあな。おかげでさっきからこいつはサビ抜きしか作りやがらねえ。コラ庄司、他のネタにも目を配れ。

坊ちゃんが気になるのはわかるがしゃきっとしろ、しゃきっと」

「へ、へい」

喝を入れられた庄司と呼ばれた職人は、鰻の握りの皿を弥尋へ手渡すと、慌てて巻物を作り始めた。

しっかりと味が染み込んでほろほろと柔らかく崩れる鰻の身と酢飯のハーモニーに、弥尋はうっとりだ。

一気に二つほど食べてから弥尋は、注文することも皿を取ることもなく隣でじっと見つめる男に問い掛けた。

「おじさんはお客さんじゃないんですか?」

「客は客だが、どうも出店の方が気になっちまって、さっきからここと向こうを行ったり来たりさ」

出店というのがこのブースなら、悠翠の関係者ということになる。

「おじさん、もしかして悠翠の……」

言いかけたところで、

「弥尋君!」

暫くぶりに聞く声がして、すぐに後ろから抱き込まれてしまった。見ないでもわかる。この匂いと体温は三木のものだ。

慌てて持っていた皿は死守したものの、危うく落とすところだった。

「もうっ! 後ろからいきなり抱きつくのは禁止! 驚いて落とすところだったじゃないですか!」

もしも寿司が落ちていたのなら、たとえ三木でも許すつもりはない。

「すまない。だけど黙っていなくなるから心配したんだぞ。誰かに攫われてしまったんじゃないか、妙なことに巻き込まれたんじゃないかと……。私の傍を離れるなと言っておいただろう?」

「あー、それはごめんなさい。隆嗣さんとお義兄さんは外国の人と話をしていたから邪魔しちゃ悪いし、ちょっとだけだからいいかなって思って。でも心配かけてごめんなさい」

　向き直って頭を下げれば、三木は露骨にほっとした表情で、内ポケットから出したスマホを操作した。

「父さん、私です。ええ、見つかりました。会場内にいましたよ、悠翠の。はい、すぐに連れて行きます。お祖父さんや兄さんには父さんから伝えてください」

　それから背後にいた男たちに手で大丈夫だと合図を送る。察するに、会場に入る前に三木が教えてくれた私服のガードマンだったのだろう。

「……なんか……」

　思っていたより大事になっていたようで、弥尋は小さく身を縮こませた。

「上田さんにも注意されていたのに考えなしでした。本当にごめんなさい」

「捜索願が出されてたみたいだな、坊ちゃん」

　男はカラカラと笑って、三木に頭を下げた。

「ご無沙汰しております、隆嗣坊ちゃん」

「板垣さん」

　弥尋しか目に入っていなかった三木は、弥尋と一緒にいたのが悠翠の料理長板垣だと挨拶されてようやく気づき、小さく会釈した。

　板垣は、三木と三木の腕の中に収まっている弥尋を交互に眺めやり、ふむと頷いた。

「ご結婚されたと伺いましたが、こちらが若奥様ですか」

　若奥様と呼ばれ、弥尋は顔を赤くして初老の男を見上げた。

「三木弥尋です」

「先ほどは失礼しました。若奥様と気づかず、馴れ馴れしく話しかけてしまいました」

「そんなことないです。俺もお喋り出来て楽しかったですから。だからそんなに畏まった喋り方しないでください。なんか、却って緊張してしまう……」

　板垣はアハハと豪快に笑った。

「板垣さんと何を話していたんだ？」

「ここのお寿司が美味しいですねって話。あと庶民と金持ちの味覚の違いについて」

「味覚の違い……？」

怪訝そうに訊き返した三木へ、弥尋は笑いながら手を振る。

「それはもういいんだ。忘れて。それより何か用事があるんじゃなかったですか？　さっきお義父さんと話してたでしょう？」

三木は思い出したと弥尋の腕を摑んだ。

「お色直しの時間だそうだ。控室でおばあさんが待ってる」

「あ」

あまりの美味しさに、つい食べるのに夢中になってしまい、すぐに戻るつもりでいたのを忘れてしまっていた。

「ごめんなさいっ。早く行かなきゃお義祖母さん、お待たせしてしまってる！」

行儀悪いと思いつつ、残りの寿司を口の中に放り込むと、弥尋は抱えていた皿を返却用のトレイに乗せ、板垣に向かって頭を下げた。

「お礼が遅くなってごめんなさい。引っ越し祝いのお膳、それからこの間お義祖父さんのところで食べたご飯、とっても美味しかったです。今日のお寿司も美味しかった。また機会があれば食べさせてください」

「そりゃあよかった。若奥様に気に入ってもらえたなら職人も本望ってところですよ。これからもご贔屓にお願いいたします。店の方にも是非、来てください。その時は俺が腕によりをかけてご馳走作らせていただきますんで」

「はい」

「弥尋君」

笑顔で礼を言った弥尋が足早に三木と並び会場の外に歩いて行くのを見送って、板垣は職人の庄司――自分の息子に背を向けたまま笑いかけた。

「残念だったな庄司、相手は人妻だそうだ」

息子は何も応えず、黙々と寿司を作り続けている。それに構わず板垣は、独り呟いた。

「大旦那様から若くてえらい美人だって聞いちゃあいたが、噂以上だったな。それに食べっぷりもいいし、素直で初々しくて、いい子だ。隆嗣坊ちゃんが惚れ込むのも無理はねえ」


会場の三階上にある客室では義祖母と沢井が弥尋を今か今かと待っており、三木に連れられて部屋に駆け込んだ弥尋は、開口一番待たせてしまったことを謝罪した。

「ごめんなさい、お待たせしてしまって。料理があまり美味しくて食べ過ぎてしまいました」

この科白（セリフ）も上着を脱ぎながらである。

「お料理は美味しかった？」

「はい。あ、悠翠の板垣さんにお会いしました」

「あら。私たちのところに挨拶に来たっきり姿を見せないからもう帰ったのかと思ってたら、そうなの、弥尋君とお話ししてたのね。おじいさんが聞いたらまたヤキモチ妬きそうね」

「隆嗣さんにもヤキモチ妬くくらいですものね、義祖父様」

上着を脱いでシャツも脱ぎ、ズボンに手をかけたところで弥尋はハッとした。

「……あの、沢井さん、ズボン脱ぎたいんですけど……」

「どうぞどうぞ気になさらず脱いでください」

「いや気になります」

靴と靴下は脱いだ。後は肌着とズボンだけなのだが、さすがに女性の前で肌を晒（さら）すのは恥ずかしく困惑する弥尋だったが、沢井も義祖母も気にせずさっさと脱ぎましょうと笑顔で強制する。

「恥ずかしいのだったらズボンを脱いで下着一枚になった後、この襦袢（じゅばん）を羽織ってね。それまで私たち、背中向けてるから」

仕方ないのでさっさと脱いでさっさと襦袢一枚になったところで、後は義祖母と沢井の為（な）すがままだった。

女性の振り袖や着物のようにゴテゴテした小物や飾りはないが、着崩れしないためにはしっかりと着付ける必要があり、その点、着物慣れした義祖母と免許を持つ沢井は優秀だった。二人で手際よく指示を出し合いながら作業を進めるものだから、あれよあれよという間に着物姿の三木弥尋の出来上がりである。

「髪の毛は少し横に流して遊ばせておきましょうか」

軽くスプレーを吹きつけ流れるような動きを前髪に作ると、それだけでスーツの時とは少し違った趣になる。

スーツと同じように淡い生成りをベースにした仕立ての着物は、女性のように色彩が華やかというわけではないが、弥尋自身の持つ淡い雰囲気と同調して優しげな雰囲気を醸し出しており、待っていた三木も義祖母たちも満足そうに何度も頷いた。

義祖母と沢井も一緒に部屋の外に出ると、三木と並んで茶色の着物のアンサンブルに身を包んだ若い男が一人、壁に背を預けるようにして立っていた。

（この人、たぶん博嗣さんだ）

三木と芽衣子の弟、四人兄弟の一番下の菓子職人だ。

雰囲気は雅嗣よりは三木に似て少し硬いところがあるが、少し垂れた目つきがその硬さを緩和しているように見えた。髪の毛はさっき会った板垣のように短く刈り上げられており、妻であり美容師の沢井の趣味というよりは実用性を重視した結果なのだろう。

沢井が出て来るのを待っていた博嗣は、弥尋を見て目を丸くしながら自分の妻に視線を移し、それからなぜか納得したように頷きながら兄を見た。早く紹介してくれと催促しているのである。

「弥尋君、これが弟の博嗣だ」

「初めまして、弥尋です」

「三木博嗣です」

　お互いに挨拶だけは済ませたものの、その後が続かない。何か話題はないものかと思うのだが、事前情報が乏しいために何を話題に持って来たらいいのかわからない。芽衣子のように強引に話を進めるタイプや、雅嗣のように会話を誘導してくれるタイプなら楽なのだが。

　二人して見つめ合ったまま十数秒、その短い間を耐え難く思ったのは勿論三木で、すぐに弥尋の顔を自分へと向けさせる。

「中に入ろう。おじいさんが今か今かと待っている」

「そうね。待たせてしまうと煩いものねえ」

　おっとりと祖母が言い、それに反論出来る者はこの場には誰もいなかった。


　三木の二人の兄弟と祖母に、和服を粋に着こなした沢井と、集団としてはかなり華やかな固まりが会場の中に戻ると、自然視線が集まった。

　祖母に話しかけて来る婦人たちは、沢井のことは知っていても弥尋のことまでは知らず、

「この可愛らしい方はどなた？」

と興味深々尋ねて来る。

　このあたり、腹の探り合いをして婉曲的に尋ねる狸オヤジたちとはまるで違う。そして祖母の返事も端的だった。

「私たちの新しい大切な家族ですのよ。仲良くしてさしあげてね」

　いつもの穏やかな微笑を浮かべ言われれば、その内容が「三木隆嗣の伴侶」を示しているのだとわかっていても、好奇は仕方がないとしても露骨な悪意を向けられるはずがない。

　手を出せば、それはもう三木への敵対行為。決して

直接的ではないものの、それは相手の破滅を示唆する言葉だった。葛原製薬や御園の件に「三木」が絡んでいると噂を聞き及んでいる経済界に詳しい人々には、紛れもない「三木」の本気を感じさせるには十分だった。

（お義祖母さん、すごい……）

笑顔でにっこり相手の出鼻を挫いて戦意を削ぐ。なかなか使える処世術だと、弥尋はいつか自分も実践してみようと内心密かに誓うのだった。

着物に着替えた弥尋を見た祖父は、歓喜のあまり抱きつこうとして三木と博嗣に阻止される。やっと解放されて弥尋と喋ろうと思った時には、雅嗣が連れて来た子供たち、博嗣と沢井の双子の息子と優斗によって、弥尋の周囲は固められてしまっていた。ちなみに、小さな子供たちにすら三木が場所を譲らなかったのは言うまでもない。

「ふう……」

少し食べ過ぎたかも。弥尋は三木に断って出向いたトイレで、一人胃を押さえて息をついていた。

まだたくさん食べられると感じていたが、思っていた以上に慣れない帯をきつく感じ、今度から着物を着る時にはもっと食べるのを控えようと、鏡の中の自分に誓った。

そうして手洗いを済ませて化粧室から出た弥尋は、

「少しお話しさせていただいてもよろしいかしら？」

「お時間は取らせませんわ」

女性たちに取り囲まれて、やれやれと嘆息する。

（トイレの外で待ち伏せするなんてベタだよなあ。しかも男がトイレから出て来るのを待ってるなんて、レディのすることじゃないと思うんだけど……）

内容は見当がついている。今の今まで周囲には誰かしら人がいて、文句や嫌味を言いたくても、弥尋一人を捕まえる機会がなく、やっとのことで得た機会を逃したくないと慌てて追い掛けて来たのだろう。

ご苦労なことだが、弥尋には彼女たちに付き合ってやる義務はない。

「ちょっと、聞こえないの!?」

無視して会場に戻ろうと歩き出すと、引き留められこそしないまでも後からゾロゾロとついてくる。

彼女たちは会場の中まで一緒に戻ると、まっすぐデザートコーナーに向かった弥尋が何を食べようかと物色している横で、

「三木をたぶらかした泥棒猫」

「どうやって取り入ったのか」

「あなたみたいな男は早く別れてしまいなさい」

などと、絶妙な声量で弥尋にだけ届くように捲(まく)し立てる。

傍から見れば、若い娘たちに取り囲まれてまるで夢のような状況だが、口々から毒を吐かれる弥尋にとっては迷惑なものでしかない。

しかも、彼女たちの親は自分たちの娘が弥尋に何をしているのか薄々察しながら、止めることなく、少し離れた場所で効果が表れるのを見守っている節がある。

子が子なら親も親である。

(泣くか怒るか、どっちかを期待してるんだと思うけど……)

妙齢の娘たちからの陰湿な言葉に傷ついて潔く身を引けば良し、そうでなくても創業祭という祝いの場で騒ぎを起こさせることで、三木家の次男にそぐわないと難癖をつけるつもりなのだろう。

(それくらいで俺が身を引いたり泣くと思ったら大間違いだよ)

彼女たちが何を言ったところで、弥尋が困ることはない。むしろ、こんな場面を三木や三木の家族が見れば、きっと彼女たちの親は左遷されるのだろうなどと、冷ややかな感想を抱くだけだ。

会場に入る前は、面と向って文句を言われれば言い返そうと思っていたが、こんな風にねちねちトゲトゲな状況は、相手をするだけ疲れるというものだ。相手をしないことこそ、彼らに特大のダメージとストレスを与えることが出来て有効なのではないかと思えてしまう。

実際に、彼女たちは口は出すが手は出さない。いや、出せないのか。この場に招待されるくらいだからそれなりの品格を持つ家の娘たちは、見えないところで陰口を叩くことは出来ても、手足を使っての実力行使は出来ないらしい。暴力性に訴えることが出来ない育ちの良さというよりも、自分で直接手を下すという方法を思いつかないのかもしれない。

だとすれば、弥尋にとっては単なる煩いオブジェでしかない。「身を引きなさい」「男のくせに」「あなたみたいな人はふさわしくない」等々、言い回しや言葉を変えるだけで同じことを繰り返すだけの彼らに対し、痛痒を感じるはずもなかった。

（そりゃあ最初は何を言い出すんだって思って腹は立ったけど、この人たち、他に言うことないんだもん。文句言いたくなる気持ちはわからなくはないけどさ）

仮に、足を止めて話を聞く場を設けたとしても、建設的な発言が出されることはないだろう。

つまりは耳を貸すだけ時間の無駄。

「お肉もご飯もたくさん食べてお腹いっぱいだけど、このヨーグルトパフェは食べたい……」

女たちの声も存在も、弥尋の中ではすでに消去扱いだ。

悩みに悩んで、パフェくらいなら入るだろうとフルーツと一緒に盛られたグラスを手にし、一口冷たいクリームを口に運んだところで、肩を叩かれた。

「！」

咄嗟に、

（ついに実力行使か！）

と思ったものの、それ以上の衝撃はなく、驚きを隠しながら振り返れば呆れたような顔をした三木がいた。

「こら弥尋。また一人で行動したな。ここはトイレじゃないぞ」

「あ、ごめんなさい。トイレには行ったんだけど……その後ちょっと、ね」

弥尋の頭の上に小さな拳骨（げんこつ）を落とした三木は、周囲に不自然に立つ女たちを冷たい目で一瞥し状況を把握すると、すぐに興味はないと視線を戻し、弥尋が手にしたパフェを見て眉を寄せた。

「まだ食べるのか？」

「ん、これだけ。もうこれで最後だよ。これ以上はもう無理だと思うから」

「どれだけ食べたのか知りたいような知りたくないような気分だな」

「知りたいなら後で教えてあげるけど、たぶん全部は覚えてないと思う」

「お腹を壊しても知らないぞ」

「その辺は調整してます」

にこやかに話す二人の周りには依然、若い娘たちがいるのだが、弥尋も三木も存在をきれいに無視したまま会話を続けている。

娘たちとしてはお目当ての三木隆嗣の登場に色めき立ち、話しかけたいそぶりは見せるのだが、あいにくと三木は弥尋以上にシビアである。視界に入っているだろう彼女たちの誰にも焦点を合わせることはない。意図して彼女たちの存在を意識から外しているのだ。

「弥尋君、もう少ししたら出ようか」

「いいの？」

「お色直しも済んだし、料理も十分食べただろう？抜け出してもわからないさ」

「でも、お義祖父さんやお義父さんたちには挨拶して帰った方がいいと思うけど」

「弥尋君の腹具合が悪くなったことにして、後から言えばいい」

「あ、それひどい。それってまるで俺が食いしん坊みたいじゃないですか」

「食いしん坊じゃないとは言わせないぞ」

腹を指差されれば、笑って誤魔化すしかない。

「それに、精神的に疲れた、気疲れしたって言えば父さんたちも納得するさ」

言う三木の目は笑っておらず、弥尋を見ているようでいて、その実、周りに視線の刃を飛ばす。

物理的にも精神的にも弥尋を傷付ける者は、三木にとってすべて敵なのだ。

「弥尋君、隆嗣」

そこへやって来たのは会場に入って最初に会った上田だった。

「上田さん、まだいたんですか」

「まだいたとは随分なご挨拶だな、隆嗣。閉会までは付き合うつもりだからな。弥尋君はお目当ての料理は満喫できたか？」

「大体は。悠翠のお寿司も食べて満足しました。でも完全制覇する前に敵にやられました」

「敵？」

上田の鋭い目が周りにいた娘たちに走る。

天秤とひまわりが目印の弁護士バッジを認めた数人が顔色を青くしたのが弥尋には見えた。

（青くなるくらいなら最初から黙ったままで突っかからなきゃいいのに）

そういう連中に限って自分は大丈夫だという謎の自信を持ち、自分より強いと想像される存在によって後から慌てることになるのだ。

「精神的な苦痛を味わわされたのなら泣き寝入りする必要はないぞ。俺がしっかりと立証して慰謝料を請求してやる」

弁護士らしい物言いに、弥尋は苦笑した。

「その時になったらお願いしますね。でも目下の敵はこれ」

弥尋は自分の腰に巻かれた帯をとんとんと叩いて見せた。

「締めつけられてて、余分な隙間がなくなっちゃったんです。着物を甘く見ていたのが敗因です」

「なるほど！」

ぽんと手を打った上田は、着物姿の弥尋を上から下まで満遍なく眺め、三木に睨まれる。

「見るな、減る」

「本当に独占欲の塊だなあ、お前は」

「いいんですよ、上田さん。隆嗣さんに独占されるのは俺も本望だから」

「似た者夫婦だよ、お前たち」

上田は笑いながらグラスを掲げた。

「幸せな夫婦に乾杯！」

美味しそうに飲み干す上田を見ていると、食べるばかりでそういえば飲み物は飲んでなかったと思い出し、急に喉の渇きを覚えた弥尋は、周りのテーブルを見回して並ぶグラスの中から、オレンジ色のグラスを取り上げ、小さく「乾杯」と呟いて口の中に流し込んだ。

「あまーい……そしてちょっとカラーイ」

会場に入ってすぐに飲んだオレンジジュースは果汁の酸っぱさと甘さがちょうどよかったが、今飲んだものは少し苦みを感じた。

「辛い？」

「うん、ちょっと辛い。でもオイシイ」

「待て弥尋」

しかし三木が止めるより先に、弥尋はグラスの中身を一気に飲み干してしまった。

「おい隆嗣……それって」

「たぶんカクテル。スクリュードライバーだ。迂闊だった……」

弥尋がいたのはデザートコーナーだが、すぐ隣はドリンクバーだ。オレンジやアップルなどの果汁飲料もあるが、カクテルも用意されているのだ。弥尋が手にしたのはそのうちの一つ。ウォッカベースで、アルコールに慣れていない弥尋には少々きつ過ぎたらしい。

「隆嗣さん、隆嗣さん。なんか目が熱くなってきた」

「顔も赤くなってるな」

「ん、ちょっと触って。熱いから気をつけてね」

触ってと言いながら、弥尋は自分から三木の手を取り、額に乗せて目を閉じた。

「冷たくて気持ちいい……」

うっとりと瞼を閉じて、半開きの唇からそんな言葉を言われた三木はたまったものではない。

「……見事に酔ったな。上田さん」

三木の呼びかけに、上田は心得たと頷いた。

「わかった。三木のじいさんたちには言っておく」

これ以上この場に弥尋を置いておくことは出来ない。むしろ自分の理性が危ないと、三木は逸る心を抑えつけながら、もっとパフェが食べたかったのにと口を尖らせる弥尋を支えるようにして会場を後にした。

女たちの目が背中を追っていたが、上田弁護士に牽制された手前、何もすることなく見送るに留まった。

三木はそのままエレベーターに乗り込むと、上階のボタンを押した。

最初から今晩はここに泊まるつもりで部屋を押さえていたのだが、こんな風に役立つとは思わなかった。

腕の中の弥尋が「うふふ」と機嫌よく笑う。

「たかつぐさん……かたつぐさん……あれ？　かたぐつさん？」

「隆嗣だ」

「そうそう、たかづくさん。どこに行くんですか？」

「部屋だ。今日はホテルに泊まるんだよ」

「ホテル？　らぶほてる？　らぶほてるに行くの？　俺、行ったことないよ。たかぐつさんはある？」

「……どれも違う。普通のホテルだ。ほらもう着いた」

最上階の一つ下のデラックスルームを手早く解錠し

た三木は、エレベーターを降りるなり腕に抱き抱えたままの弥尋を連れて、ベッドルームの扉を行儀悪く長い脚を使って開けると、柔らかなダブルベッドの上にそっと弥尋を横たえた。

「水を持ってくるから少し待っていなさい」

「はぁい」

多少ハイになり言動にはあやしいところがあるが、おとなしく返事をした弥尋に安心した三木は、ジャケットをソファに放り投げると冷蔵庫から冷えたミネラルウォーターを取り出してグラスに注ぎ、寝室に戻った——のだが。

そこで三木は危うくグラスを落としてしまうところだった。

「弥尋君……何をしてるんだ……？」

ベッドの上に横になっていたはずの弥尋は、今、着物の帯を解こうとして解き切れず、前合わせを一生懸命開いて、帯から着物を抜き取ろうと体を捩っている最中だった。

肌蹴た裾から覗く足の白い足袋は片方だけが脱げた状態、白茶色の襦袢が腿の上の際どいところまで捲れ上がり、半分落とされた着物のために肩が露出。膝を崩して座った弥尋は、寝室に入って来た三木に気がつくと瞳を潤ませて訴えた。

「一人じゃ脱げない……」

ごくりと生唾を呑み込んだ音が、やけにはっきりと知覚され、三木は努めて平静さを装いながらベッドに近づくと、まずはグラスをサイドテーブルに乗せ、弥尋の前に腰掛け、顎を掬うようにして目を合わせ問いかけた。

「脱ぎたいのか？」

「脱ぎたい……」

「どうして？」

「だって熱いんだよ。それにきつい。でも脱げないんだ」

「脱がせて欲しいか？」

「うん。熱くてたまらないんだ……お願いかたぐつさん、脱がせて」

誘うような瞳にまっすぐ見つめられて、三木の理性が保ったのはここまでだった。可愛い妻のたっての願い、手を出さないほど三木は聖人君子でも木石でもない。

自分のネクタイに指をかけて解き、無造作に床に放り投げた三木は、グラスを取り上げて冷たい水を口に含むと、半開きの弥尋の唇に自分の唇を重ね、注ぎ込んだ。

こくんと小さな嚥下の音がするのでさえ、三木には十分な刺激となる。濡れた唇を舐めるようにして見下ろせば、うっとりとした弥尋の顔。顎を伝う水滴さえも艶めかしく、三木はそのまま弥尋に覆い被さった。

「弥尋……っ」

「あっ……んっ……」

取り除かれた帯だが、まだ腰紐が着物を脱ぐのを妨げている。弥尋はもどかしげに身を捩るが、三木は簡単に脱がす気はなかった。裾から伸びるすらりとした脚を手で撫でながら、肌蹴た胸元に唇を落とし、紅色の胸の尖りを甘噛みする。

「やっ……んっ……」

はね上がる体。それを片手で押さえ込みながら、するすると唇を下腹まで下ろし、そしてまた上へと舌を這わせる。足を伝う手も同じように、際どい付け根までの距離を往復するが、決して弥尋が望む場所には触れない。

「たか、つぐさん……触って……」

昂っているのは盛り上がった下着の形と滲んだ染み

を見れば一目瞭然だ。だが、三木はまだまだ着物を乱れさせた弥尋の痴態を堪能したいと望んでいた。

　片方だけの足袋も、乳首だけが出された肌も、どれもこれもが普段の弥尋とは別人のような色香を添えている。

（困ったな……）

　まさかこんなに弥尋が匂い立つほど変わるとは三木も想像しなかった。酒の効果があるにしても、正直、三木自身がすでにいっぱいいっぱいの状態なのだ。弥尋の反応をもっと味わいたい気分は大きいが、先に自分を処理しなくては絶対に保ちそうにない。

　三木は体を起こすとシャツを脱ぎ捨て、スラックスと下着まで一気に脱ぎ去った。

「弥尋君」

　そうして未だ着物を纏ったままの弥尋の手を、反り返って震える自分の昂りに導いた。

「これが欲しくないか？」

「これ……たかぐつさんの？」

「そう、欲しいか？　弥尋の好きなものだぞ」

「うん、欲しい……。すごく欲しい」

　この太く長いものが貫いて得られる感覚を思い出し、弥尋の体の中にゾクリとさらに別の熱が灯(とも)される。

　そろりと起き上がった弥尋は、一向に触れてくれない三木に当てつけるように裾の中に手を入れると、自分の下着に手をかけて脱ぎ去った。着物の下にあるのは弥尋の素肌、指の腹で触れればそこはもう、三木を求めて蠢(うごめ)いている。

「どうしたらそれをくれるの？」

「弥尋の好きなようにしてごらん」

「俺の好きなように……？」

「ああ」

　弥尋は天を衝(つ)く三木を注視していたが、おもむろに脚を開いて三木の膝の上に跨(また)ると、怒張に片手を添えて、ゆっくりと上下に扱(しご)き出した。そうしながら、揺い愛撫を三木の胸に施す。弥尋の唇が三木の乳首を舐め、腹筋を撫で回す。

「弥尋……それだけでいいのか……」

「ううん、足りない。もっとこれをいい子いい子したい」

弥尋は扱いていた手を除けると、徐に屈み込んで顔を寄せ、濡れた三木のペニスに唇を寄せた。

今まで何度となく弥尋が三木に「させてくれ」と頼みながら、断固としてさせなかった口淫。そのせいかどうかわからないが、弥尋は大きな三木のものを銜えることに躊躇しなかった。

柔らかな先端にちゅっと最初に口付けを落とし、それからゆっくりと舌を出してチロリと舐める。先端から滲み出る液に眉を寄せたが、そのまま気にせず続行することに決めたようだ。

弥尋の唇が開き、三木をゆっくり呑み込んでいく。

三木のすべてを口内に収めることは流石に途中で諦めたようだが、ねっとりと絡みつく粘膜や意識しない舌の動き、自分の欲望の塊が弥尋の口の中にあるというだけで、三木はもう爆発寸前だった。少しでも動かされれば、そのまま弥尋の口の中に放ってしまうのは間違いない。

「弥尋、もういい。離しなさい」

返事はノー。

首を振られてしまった三木は、弥尋の背中をすっと指でなぞるという行動に出た。

「ふぇっ……」

ここが弱いのは習得済み。口が離れたのを見計らった三木は、そのまま弥尋を仰向けにひっくり返し、ベッドに押さえ込んだ。

「ずるい……せっかくさせてもらえたのに……」

「それはまた今度させてあげるから、今日は我慢してくれ。それよりもこっちに」

脱ぐ途中だった着物を手早く抜き取り、薄く肌が透ける襦袢だけにすると——三木の嗜好がそうさせたのは否めない——三木は裾を広げて両脚を開かせ、弥尋の後孔を指でツッ……となぞった。

「あ……んっ……」

立ち上がった弥尋のものからぽとりと滴が零れ落ちる。

こんなこともあろうかと、用意していたローションを垂らした指はすぐにぷつりと中に埋もれた。本当ならもっとよく馴らしてから挿入したいのだが、そうは言っていられない。

早急に指を二本三本と入れて準備を整えた三木は、弥尋のものを扱きながら、塗るのももどかしくローションを振りかけただけの自分の先端を宛がうと、一気に奥まで貫いた。

「あーっ……！」

悲鳴が上がる。

「悪い弥尋。だがもう……」

こんな余裕のない抱き方をしたのは初めてだった。新婚初夜の時から丁寧過ぎるくらい丁寧に抱いてきた。時々暴走することはあったが、最初からこんなに性急に抱いたことはない。だが今は、平常心など一切なかった。

背中に回された腕がぎゅっと三木にしがみつく。

「弥尋、弥尋……！」

声に出しながら、愛していると腰を押し付ける。二人の腹の間で揺れている弥尋に手を伸ばし、一緒にイこうと擦り上げる。

三木の熱くたぎる芯が出入りするたびに、零れるローションの濡れた音と力強く腰を打ちつけるパンパンという音が、室内に響く。弥尋は瞼を閉じ眉根を寄せているが、その表情は恍惚としたもので、情欲と愉悦に溢れていた。

それに気をよくした三木は、さらに律動を速め、深く弥尋の中を突く。抱え上げた足、片方だけ残された

白い足袋が視界の端で揺れ、余裕のなさに三木は自分の青さを嗤(わら)う。

弥尋だけが三木をこんなにも熱くする。

「弥尋……ッ！」

「あっ、あ、あ……あぁーっ……！」

挿入して一体何分保ったのか。

「くぅ……っ」

揺すり上げるように精を吐き出し終えた三木は、自分を見上げる弥尋の視線に気づいて首を傾げた。

「どうした？」

「……なんかたかぐつさん、いそいでた？」

「違う。早く弥尋が欲しくてたまらなくて、どうしようもなかった。きつかったか？」

「ううん、そうでもない。でも」

弥尋は三木の頬に手を伸ばし、口付けを強請(ねだ)った。

「今度はもっとゆっくり、して？」

隆嗣さんを長くたくさん感じられるように。

赤い目元が色っぽい。少し掠(かす)れた声で囁(ささや)かれると、三木の分身はすぐに硬度を取り戻し、弥尋の中でズクリと脈打った。

瞳の中に灯される焔(ほのお)。

「――弥尋」

掠れた声が求めるものへ、弥尋は「うん」と頷いた。

「もっと、ちょうだい」

ベッドの下に落ちて散らばる着物やシャツ。最後まで着せたままだった襦袢もいつの間にか脱ぎ去っていた。襦袢はともかく、帯や着物はこの後の手入れが大変なのは言うまでもない。一応、体液はつかないように配慮していたつもりだが、最後の方は三木も野獣になってしまって記憶が曖昧だったので……。

弥尋は、今は三木の胸に寄り添うようにして安らかな寝息を立てている。あれから四度、弥尋の中で精を放った。最初は正常位、次が後背位で、その次は騎乗位、最後にまた正常位で向かい合って抱き合った。

酔ったせいなのか、花が咲いたように淫らに誘う弥尋に、三木は我を忘れてその体を貪った。自分から三木の上に跨って動いてくれるなど、まさか思いもしなかった。拙く慣れない動きだが、腰をくねらせて切なく息を吐く弥尋の姿は、三木をとことん昇りつめさせるに十分で、首に胸にむしゃぶりついた。

「明日になったら忘れているのかもしれないな」

だがそれならそれでいいとも思う。どんな風に抱き合っても、弥尋は弥尋。愛情に変わりはなく、絶対に飽くということがないことだけは、不変の事実だから だ。

翌日の昼近くになって豪華なホテルの一室で目を覚ました弥尋は、案の定、自分がどんな風に三木に抱かれたのかを覚えていなかった。

「いっぱい抱かれたのは覚えてるし、気持ちよかったのも覚えてるんだけど……」

「それだけ覚えていれば十分だ。他に何を覚えておく必要がある？」

「うん……そうなんだけど、なんだか勿体ないことしたような気がするんだよね」

少しだけだが念願のフェラチオを経験したことを弥尋は覚えていない。それをよいことに、当然ながら三木は、弥尋にこのことを黙っているつもりだ。

（あれは駄目だ。あれをされたら私の面子が……）

可愛い弥尋に銜えられ、上目遣いで「どう？」などと問われた日には即射精してしまうこと間違いない。

自分は決して早漏ではない。持久力も忍耐力もあり、妻を満足させる自信も持っている。自分がするのはよくて、されるのは駄目だというのが、とても自分本位な考え方で矛盾しているという自覚もある。

だが――。

たとえどんなに弥尋が興味を示し、やりたいとお願いしても、それは――フェラチオは封印すべき禁じられた技だった。

朝の風呂を一緒に入りながら、キスマークが鏤められた自分の体を見下ろした弥尋は、「覚えてないなんて変だよね」と頬を膨らませる。

「なら家に帰って仕切り直すか？」

「……明日学校だから一回だけ」

「わかった。弥尋君が一回、私が三回だな」

「違います。俺も隆嗣さんも一回だけ」

「わかってる。冗談だ」

「本当にわかってるならいいけど……」

「ああそれから弥尋君」

チェックアウトするために着替えながら、三木はきちんと畳まれた着物を不思議そうに見ている弥尋に言った。

「たとえ不可抗力だったとしても、アルコールは私以外の前では絶対に飲まないこと。これは約束じゃなくて夫としての懇願であり命令だ」

思いがけないことが起きるから不可抗力というわけで、抗えないなら対処のしようがないのに――とは思ったものの、真剣な、そして有無を言わせない迫力に、弥尋は「了解です」と頷いた。

理由は問うなと三木の目が語っている。だからきっと、

（とんでもないことしちゃったんだろうな……）

見当違いのことを考え、少しだけ自己嫌悪になる弥尋だった。

昼を過ぎて家に帰った弥尋はまず、義祖父と義父の両方の家へ電話をして、挨拶もせずに退出してしまっ

たことを心の底から詫(わ)びた。

「本当に失礼をしてしまって……」

　可愛がってくれているのにこの無礼。礼儀知らずな嫁だと失望されても文句は言えない。

　もしそうなったとしても、三木と離婚させられることだけは絶対に阻止しなくては……と、半ば悲愴(ひそう)な覚悟で電話に臨んだ弥尋だったのだが、返って来たのは、

「若いうちは誰でもあるもんじゃよ。わしなど、初めてばあさんの両親に挨拶に行った時に強い酒を勧められて、断るに断り切れず呑んだはいいんじゃが、いきなり脱ぎ出してしまってな、ばあさんのオヤジ殿に出入り禁止をくらってしまった。具合が悪くなって帰ったのなら、仕方ない。ん、詫びか？　それなら今度、弥尋君が将棋の相手をしてくれんか？」

　ワハハと笑い飛ばす祖父と、

「性悪な女たちに一服盛られたと聞いたが、もういいのかね？　安心したまえ弥尋君。可愛い嫁に意地悪する女狐(めぎつね)たちは、私とじいさんが退治してやるからな。意地悪されたらすぐに言うんだよ」

　何か誤った情報を与えられたとしか思えない義父には、思いきり心配されてしまった。

　とりあえず、当たり障りのない受け応えをしながら通話を終えた弥尋は、自分のすぐ隣でソファに寛いだ姿勢で座って、「世界の城紀行」なるテレビ番組を、興味があるのかないのかわからない顔で見ている夫の横顔を、じっと見つめた。

「俺、具合悪くなったんだって。お酒に薬を盛られたことになってるんだけど、それって本当？」

「さあ」

「さあ……って、隆嗣さん」

「弥尋君が体調を悪くして退席したのは本当だから、私は事実を伝えただけだ」

　女たちに囲まれて、喉が乾いてグラスを空けた瞬間、おかしくなってしまった——と。

かなり状況を端折（はしょ）って伝えているが、嘘はついていない。そこに並べた事象を勝手に関連付け妄想するのは父の勝手だ。

「ただ少し酔っただけなのに」

ただ酔っただけじゃないんだが……。

昨夜の弥尋の姿態を思い出した三木の口元が小さく綻ぶ。

それを目敏く見つけた弥尋は、

「隆嗣さん、今笑った！」

「笑ってないぞ」

「いーえ、笑いました。やっぱり変なことをしちゃったんですか？　俺」

「違う違う。大したことがないのに弥尋君があんまり気にしているから、慌てぶりがつい……」

「うわ……そんなことを言うんだ。人が真剣に失礼なことをしてしまったんじゃないかって悩んでるのに……」

弥尋はプイと横を向いて膝を抱えてしまい、三木はそんな仕草も可愛いなと夫馬鹿を全開にしながら、弥尋の頭を撫でた。

「大丈夫。みんなも気にしていない。気持ちよく食べていたのを知っているから、食べ過ぎたのと慣れない場所に出て来て知らない人に会ったせいで、胃が痛くなったくらいにしか考えていないだろう」

「……それはそれで恥ずかしいかも。緊張してたのは本当だから、そっちをメインにして納得してくれればいいんだけどなあ」

次に会う時、どんな顔をしていればいいものか。本当に恥ずかしい。

着物は家に帰る途中、専門の業者に預けて来た。それはよいのだが、弥尋が起きた時に畳まれていた着物の皺の具合を見れば、着たままコトに及んでしまった可能性は高い。実際にそうしたのだし、弥尋の中にも記憶がうっすらと残っている。

（……痕がついてなきゃいいけど……）

いろんな体液が付着していれば、これもまた恥ずかしい。

そんなことを考え出せば、ホテルのベッドやシーツ、クズカゴも大変な状態になっていたことまで思い出してしまい――。

「――隆嗣さん」

「どうした？」

「お酒もセックスも家でだけにしましょう。あ、お酒を飲むのは隆嗣さんだけで。俺は二十歳過ぎてからだけどね」

いい服を着ている時には絶対にしない。自分で始末できる場所で、家で洗濯できる服を着ている時にだけする。ＴＰＯという言葉を今ほど実感したことはない。

そんな弥尋の考えていることなどお見通しの三木は、笑いを噛み殺しながら、真剣な顔で提案した妻に頷いた。


「善処しよう」

「……消極的なお返事ありがとう」

フンと膨れた弥尋の頬を三木がつついて遊んでいると、インターフォンの音が鳴り響いた。

「誰かな？」

まだ情事の名残が濃くあり、動きが緩慢な弥尋を制して受話器を上げた三木は、一言二言やり取りをして、

「荷物が来てる」

と言い置いて玄関へ向かった。

宅配業者かなと考えていると、今度は玄関のインターフォンが鳴る音がして、すぐに三木が風呂敷包みを一つ抱えてリビングに戻って来た。

「誰から？」

「弥尋君宛に板垣さん――悠翠からだ」

昨日会ったばかりの江戸っ子っぽい板前を思い出しながら、弥尋はその包みを開けた。

「風呂敷ってことは、お店の人がわざわざ持って来て

くれたんだ……」

　以前にも入居した日に悠翠から人が来て、食事をご馳走になったことがあるため、住所を知っていることに不思議はないのだが。

　わざわざ店の従業員に届けさせるくらいだから、もしかして――と思いながら現れた重箱の蓋を開けると、中には握りや巻き寿司が隙間なく並んでいた。

　海老やキュウリやウナギと、昨日弥尋が好んで食べていたものに加え、昨日は会場で出していなかったアワビや白身の魚を使ったものもある。

「あ、全部わさび抜きにしてくれてる。嬉しい。覚えててくれたんだ」

　わさびは別に分けられていて、これなら三木と二人で楽しみながら食べることが出来る。

「昨日途中でお色直しに行っただろう？　そのせいで食べられなかった分だそうだ」

「気遣いの人なんですね、板垣さんって」

　三木は答えず苦笑した。

　高級料亭の厨房を一手に引き受ける料理長は、厳しいことでも業界内で有名だ。その鬼の料理長が手ずから握った寿司を、わざわざ届けさせるとは、

（かなり気に入られたみたいだな）

　自分が弥尋を見つけるまでの間、二人でどんな会話がなされていたのか知らないが、弥尋の何かが気難しい男に気に入られたのだろう。

（少し妬けるぞ）

　簡単に聞いた内容では、本当に単純な美味いか不味いかという話題だったらしいのだが、よい意味で舌が擦れていない弥尋の率直な言葉が気に入ったのだろう。

「早く食べよう。もうお腹ぺこぺこ」

「昨日あれだけ食べたのにか？」

「昨日は昨日。今日は今日。今日はジュースしか飲んでないよ。それに」

　弥尋は三木を睨みつけた。

「昨日食べた分なんて、とっくにエネルギーになって消費されてます」

夜の運動で――。

「それは……そうだな。私のせいだな。では奥様、食事の用意は私が」

「よきにはからえ」

立ち上がり礼を取る三木に、弥尋もそれらしく尊大なそぶりで応じ、そして二人で笑った。

「俺も手伝います」

「座ってなさい。まだきついだろう？」

「大丈夫。隆嗣さん、お茶を淹れてください。俺は小皿と箸を出すから」


板垣が弥尋のために作った寿司は本当に美味しく、弥尋は心おきなく味わった。

後日、「桜」「翠漣（すいれん）」「琥珀（こはく）」「雪白」と名付けられた季節に合わせた四種の膳が板垣親子の手によって考案されて作られ、悠翠に登場することになるが、これは三木家の若奥様をイメージし、その人のために作られたもので、三木の家の者が同席しない席では決して登場しない、品書きにのみ名があるだけの幻の膳として悠翠の一つの名物になる。

梅雨が明ければ、すぐに夏本番がやって来る。しかし、その前に学生として逃れられない行事が残されている。期末テストだ。

中間テストはのんびりとしているうちに終わってしまったが、期末テストは手を抜けない上に教科も多い。

「七月の第二週目の後半が期末テストで、その次の週が三者面談。で、週末がクラスマッチ。思いっきり行事をつめ込んでるよなあ」

生徒会室の壁にかけられたスケジュールボードを眺めながら弥尋が言えば、問題集を開いたままの副会長が肩を竦める。

「人によってどっちに比重を置くか違うのが面白いよな。三者面談は三年だけだし、テストが終われば後は終業式までほとんど授業がないようなものなんだから、下級生は喜んでるだろ。三木もそうじゃなかったか？」

「あいにく俺はそこまで楽しめるだけの能力を持ち合わせてないのでわかりませんね」

ふんと横を向けば、遠藤が笑いを噛み殺し、二年生の会計がきょとんと首を傾げる。

「なんでですか？　三木先輩に何の能力がないっていうんですか？」

「こら後輩。ないんじゃなくて、少ないの」

「だから何がない……じゃなくて少ないんですか？」

「運動能力だよ」

副会長は指先でペンをくるくる回しながらボードを指差した。

「何でもそつなくこなすように見えて、実は三木は運動音痴なんだ。去年は文化祭だったから披露する機会がなかったけど、一昨年（おととし）はなあ」

思い出し笑いをする友人を睨みつけた弥尋が、

「会長！　副会長が仕事しません！　注意してくださ

い！」

　優等生ぶって遠藤に訴えるが、

「今日の生徒会の仕事は終了してる。苦情は直接間宮に言うんだな」

「むっ……遠藤の裏切り者」

　恨みの籠った視線を送るが、参考書に目を落としている遠藤は取りつく島もない。その間にも副会長は一年生時の弥尋の伝説を面白可笑しく後輩に語り聞かせていた。

　新入生歓迎のオリエンテーション中に行われた大縄跳びで、弥尋が在籍していたクラスだけジャンプ回数ゼロという珍記録を樹立させたこと。今年と同じく七月に行われたクラスマッチでソフトボールに参加していた弥尋のチームは三位にまでのぼりつめたのだが、全打席中ボールがバットに当たった回数ゼロに加え、打席数に対してのアウトの割合を算出した結果、急遽作られた三振キングとして表彰されたことなどなどである。

「く……屈辱だ。過去の俺の話を暴露するなんて間宮のバカ」

「バカ呼ばわりされてもなあ。これくらい新聞部に行けば当時の記事が残ってるし、生徒会室にも記録はあるんだから隠すものでもない。よって三木の訴えは却下」

「遠藤、間宮が俺をいじめる」

「それはいじめとは言わないと思うぞ」

　再び遠藤に援護を認められず、弥尋はふてくされてテキストに顔を伏せてしまった。

「じゃあ今年は三木先輩は何に出るんですか？　あ、ちなみに俺はバスケットです」

「…………」

「三木と俺はバレーボールだ」

　応えない弥尋の代わりに遠藤が答える。

「じゃあ今年のバレーは三年一組が優勝候補になるっ

わけか。殺人サーブや殺人スパイクの餌食になるのはどこのどいつなんだろうな」

「遠藤先輩はそんなにすごいんですか？」

「三木と違って遠藤は文武両道だ」

「……すみませんね、運痴で」

「いいんですよ、三木先輩はそれで。頭もいいし、美人だし、運動が苦手なくらい。むしろチャームポイントです！」

弥尋は顔を上げないまま、見当違いの弁護を熱く語る会計を指差した。

「間宮、そこの二年、追い出して。部外者は生徒会室立ち入り禁止だよ、見知らぬ後輩君」

「えっ？　ええっ!?　俺、生徒会会計なんですけど！」

もう一年近く一緒に仕事してるんですけど！」

「あーあ、残念だったな名無しの後輩君。うちの書記が完全に拗ねてしまったぞ。大変だぞー」

「そんなっ！　間宮先輩！　遠藤先輩！　どうすれば
三木先輩の機嫌が治るんですか！」

ファンクラブの制裁が……などと慌てふためく後輩の姿に、副会長は考えるふりをして、いかにも今閃いたというようにわざとらしくポンと手を打った。

「三木のお気に入りは森乃屋の菓子だ。きっとそれがあれば機嫌が治るに違いない」

「森乃屋の菓子ですね！　わかりました、必ず明日持って来ます！」

元気よく返事はしたものの、今日買っては来ないというあたり、意外と後輩の中に理性は残っているようだ。

売り切れないうちにとでもいうのか、

「先に失礼します」

後輩が鞄を抱えて慌ただしく生徒会室を出て行くと、残された三年生三人は顔を見合せて大きな声で笑った。

「人が悪いですな、三木さんや」

「いやいや、間宮さんこそ。いたいけな後輩にあることとないこと吹き込んで」

「いやー、ホント、怯えてたね、笹野のやつ」

「でも」

二人は揃って遠藤の方へ顔を向けた。

「一番悪いのは黙って見ていただけの遠藤だよな」

遠藤は目を見開き、そして肩を竦めて苦笑した。

「そんなに言うなら、明日、笹野が持って来た菓子、俺が一人で食うぞ」

「ほうらやっぱり」

「遠藤が一番の悪じゃないか」

明るく輝く空に向かって、開け放たれた窓から大きな笑い声が響いた。


「完璧」

期末テスト最終日。冷暖房完備の校舎内に聞こえることはないが、外ではコンクリートの壁や樹木に張り付いた根性のある蟬がワシャワシャと鳴き、目が眩むほど強烈な太陽が照りつける気温三十度を超えたその日、テストは滞りなく終了した。

最終科目は古典。答案用紙にびっしり書き込まれた回答を見ながら、弥尋は達成感に包まれていた。

日頃から予習復習を欠かすことなく真面目に学習を積み重ねてきた弥尋には、校内で行われる範囲が決まっているテストなど、恐れるものではない。公言すると嫌なやつだと言われる自覚があるだけに口にすることはないが、すでに受験対策に勉強のシフトを移している弥尋にとって、期末テストは通過点に過ぎないのだ。

だからといって、手を抜くことはしない。いつでも全力投球し、その結果を良くても悪くても真摯に受け止め、次のステップへと反映させる。地道な努力あっての今の弥尋なのである。

「隆嗣さんに感謝しなきゃ」

試験勉強に集中できるようにと、普段一緒にしている家事も出来る範囲で一人で受け持ってくれた。試験中は控えようとセックスももう二週間していない。どうしようもなく欲しくなった時はあったが、互いのものを擦り合わせて出すだけにして、挿入までに至らなかったのは、三木の自制心の働きによるところが大きいと思っている。

だがそのテストも終わった。欲求不満も解消できるし、思いきりのんびりと眠ることも出来る。長期的に考えれば、もう数ヶ月後には志望大学に向けての勉強が追い込みに入る時期になるのだが、ひと山越えた解放感は大きい。

（今日は鰻にしよう。蒲焼きかセイロ蒸しか。早く帰れるから帰りにスーパーに寄って買って帰ってもいいし）

それとも専門店に電話して出前を取った方が出来たてが食べられていいだろうか。

（そういえば、土用の日っていつだっけ？　今週？それとも来週だったかな？）

どちらでも、弥尋の口はすでに鰻になっていた。三木屋の創業祭で食べた鰻の寿司が忘れられなかったせいもあるのだが、さすがに高級料亭に頼むには敷居が高過ぎるので庶民的にスーパーで二尾買うか、お店で丼ものを頼むか二択から選ぶ予定だ。

ついでに今日は金曜日。明日は休みで思う存分三木と抱き合える。今朝出掛ける時の三木の目も、思い込みかもしれないが、情欲を滲ませて期待しているように思われた。

（だって二週間ぶりなんだし、夫婦なんだし）

精をつけるには鰻。

ちょっと贅沢かもだけどいいじゃないかと正当な理由をつけて自分を弁護する。

来週の月曜日からは三者面談が三日間の日程で組み込まれている。週末には恐怖のクラスマッチだ。そしてそれが終われば終業式で夏休みがやって来る。

「頑張ろう」

そう小さく声を出したところで終了を知らせるチャイムが校内に鳴り響いた。

教室のあちこちから「終わったあ」「疲れた……」などという声が聞こえてくるが、含まれているのはどれも解放感だ。

後ろから来た答案を前に回しながら、弥尋も「うーん」と大きく伸びをした。今日はこれから会議室で、クラスマッチの担当者間で簡単な作業の確認をした後、解散になる。

「遠藤、ＨＲ終わったら一緒に会議室行こう！」

声を掛ければ廊下側の席に座っている遠藤がすぐに手を上げて応えた。


弥尋はそわそわと待っていた。何を待っていたかと言えば、言わずと知れた自分の保護者三木である。新しい週になって三日目の今日水曜日、三者面談の最終日が弥尋の面談日だった。

この時期の三年生の面談は、学習や生活態度についての報告や相談というより、進学先をどこにするかという点に絞られてくる。進学校の名を冠しているために、最初から進学を考えて入学して来た生徒がほとんどとはいえ、最終的な結論を出すまでには至っていない者も多い。かく言う弥尋もその一人で、文系に進むのは確定していても、どの大学を志望とするかは決定していない状態だった。

仕事の都合で時間が取れない保護者もいるため、同じクラスの三十数名の生徒のうち、実際に担任と面談を行うのは二十名と少しになる。それでも平日の日中の面談設定であることを考えれば、かなり出席率は高い方だ。

　個人面談の日程表を提出したのは七月に入ってすぐのことで、仕事を抜け出してまで来ることはないと三木に言ったのだが、本人がどうしても行きたいと熱望し、とりあえず、三木が予定を組みやすくスケジュールに余裕のある水曜の午後一番にしてもらった。

　授業が終わった後、生徒会室でクラスマッチの打ち合わせをしながら役員と昼食を食べ、面談会場になる教室に戻ると、午後の一番初めということもあり、他のクラスでもまだ誰も保護者は来ていない。三年の教室が並ぶ階は静かなものだった。

　その静けさの中、弥尋は廊下に並べられた椅子に座って週末のクラスマッチのことを考えていた。

　三者面談の緊張？　そんなもの弥尋には少しもない。生活態度も成績も問題ないと自負しているし、担任が何を話そうがなるしかないと思っている。それよりもクラスマッチの方がよほど頭痛の種なのだ。

「問題はいかにしてボールに触らないで済ませるか、なんだよなあ……」

　一日目はバレーボールとソフトボール、二日目がバスケットとバドミントン。一日目は加えてそれに、学年対抗ワンマイルリレーが開会式の直後に行われるが、司会をするだけの弥尋には無縁だ。

　普通なら閉会式直前に行われるはずの人気種目、マイルリレーが初日の初っ端に行われるのにはきちんとした理由がある。球技大会で白熱し過ぎて、走者予定の選手が負傷で走れないことが頻発した結果、前哨戦として行われることが慣例として定着したためである。

　運藤音痴弥尋には理解しがたい脳筋の世界である。

　一年時に貰った「三振キング」、プレイする上で一番楽なのは三振していればいいソフトボールなのだが、ソフトボールは打席に立つだけでなく守備もある。強い日差しに弱い弥尋の肌には、この守備もまたネックだった。

　日焼けはしたくないというのと、一年生の時と同じ屈辱を味わうのは運動音痴を自覚していても腹立たしいものがあり、走らないでボールが来ないことを祈って待つだけのバレーボール――の補欠という位置に収まった。補欠といっても、必ずワンセットはコートに立たなくてはいけないのが難点ではあるのだが。

「三木が出るセットは負けるつもりで、残り二つのセットは絶対に勝つぞ！」

　実に失礼な言い様だが、事実だけに反論できない弥尋は、元バレー部で現在園芸部に籍を置くチームリーダー黒川(くろかわ)の言葉に渋々頷くだけだった。ネット越しに狭いコートでプレイするバレーボールだからまだいい。これがバスケットなら五人しかプレイできないところに、弥尋をマイナスに考えると四人で五人と闘わなくてはいけなくなる。必ず試合に出なくてはいけない時間が定められているのだ。不正は出来ない。実に運動音痴泣かせのルールである。

　そうかといって、完全に個人の技量がものを言うバドミントンのペア戦に出場させるのは弥尋のパートナーとなって出場しなければならない生徒に気の毒だ。

　誰かを犠牲にするよりは――と、弥尋がバレーボールになったのは、クラス中の妥協であり総意でもあるのだ。

「当日、腹痛になろうか？」

　思わず優等生にあるまじき提案をしてしまったが、これは担任に聞かれてしまって作戦失敗。

「いいか三木。お前が本当に腹イタで頭痛で気分が悪かったとしても、先生は認めないからな。絶対に一度はコートに立つんだぞ。休んだら家まで迎えに行くからな」

　思い出して弥尋は憂鬱(ゆううつ)になる。

「……クラスマッチって結局は球技大会じゃないか。

だからもっと別のにしようって言ったのに……」

生徒会役員として、一生徒として、運動音痴の生徒を代表して弥尋は、四月の打ち合わせの時からずっと提案をし続けていたのだ。

「走ったり飛んだり打ったりする以外の種目がいいです」

と。

だが、

「具体的な競技名出してくれれば多数決取るけど？」

「五十メートル徒歩競走。もしくはアメ食い徒歩競走。あ、それから輪投げとか、伝言ゲームとか」

「——さて、他に案がないということで、今年はソフト、バスケ、バレー、バドの四種目に決定だ」

許すまじ体育委員長。

「自分がちょっと人気もあって、運動も出来るからって……！」

体育委員長の神谷は隣のクラスの剣道部のエース。弥尋とも仲が悪いわけではない。ちょくちょく話すし、雑談もする。だが、こと仕事となると、向こうは鬼の体育委員長として、弥尋の私情にまみれた提案はポイッと捨てられてしまうが常だった。

思い出したら怒りが湧いてきて、弥尋は座ったままスーハー深呼吸を繰り返した。

今の時間帯は、下級生はまだ授業中だが、三年は放課だ。その時間帯をクラスマッチの練習に使っているために、グラウンドや体育館からは掛け声や声援、ボールの音が聞こえてくる。練習時間は限られているため、朝・昼・放課後の時間の割り振りを考えるのは体育委員会の仕事で、対戦表を作って掲示するのは生徒会の役目だった。さっきまで弥尋も、生徒会室の床に座って、トーナメント表の清書をしていた。

ところどころ墨がついているのは作業の名残である。生徒たちに配布するトーナメント表はパソコンで作成してプリントアウトしたものを印刷機にかければよいが、体育館や屋外に張る紙はコピーでは対応不可のため、人の手という昔ながらの手法で作成されるのが伝統だった。

パタパタと足音がして顔を上げれば担任が緊張の面持ちで立っていた。午前中はいつものようにラフなポロシャツにチノパンだったのに、今はネクタイを締めたスーツに着替えていて、余所(よそ)行きスタイルに変身していた。

「三木、保護者はまだ来られてないのか？」

「まだです。会社を抜け出して来るから渋滞で引っかかったのかもしれないです」

「そうか、俺は中にいるから来たら案内してくれ」

「はい」

担任の久木田(くきた)はそう言うと、ファイルや資料を抱えて教室の中に入った。中で深呼吸でもして緊張を和らげようとしているのかもしれない。

弥尋は校門が見える窓辺に立ち、三木が来ないか眺めていた。携帯電話は校内で使用禁止だ。もしかしたら遅れるというメールが入っているかもしれないが、取り出して見つかり没収されても困る。

「早く来ないかな、隆嗣さん……あ、来た」

一台、二台と車が門を通り過ぎ、三台目の紺色の車が三木のアウディだった。車は臨時に設置された案内板に沿って面談のために作られた来客用のスペースに駐車され、そこから歩いて校内に入ることになる。案内図は事前に渡しているし、迷うこともないかと、弥尋はおとなしく三木がやって来るのを座って待った。

三木より先にやって来ていた隣のクラスの保護者が生徒と一緒に教室の中に入り、暫くすると今朝見たばかりの長身が廊下の端に現れた。

「ここだよ！」

小さな声で手を振れば、三木はほっとした表情で弥尋の前まで歩いて来た。

「待たせてしまったか？」

「そうでもないですよ。仕事が終わらなかったんですか？」

「いや、途中で交通事故があって迂回させられたんだ。それで少し遅れたんだが」

「そうなんだ。隆嗣さんが事故に遭ったんじゃなくてよかった」

三木は笑って弥尋の頭に手を乗せた。

「先生を待たせてはいけない。中に入ろうか」

「はい」


担任久木田は内心ひどく焦っていた。これから会う午後最初の保護者は三木弥尋——二年生でも担任として受け持っていた生徒の父親だ。戸籍上は、という但し書きがつくが。

父親と言っても、年齢は久木田とそう変わらない。まだ三十前の若い男だ。こんな若い男がどうして本川弥尋と戸籍を一緒にすることになったのか、実は未だにどういう経緯があって縁組したのか、よくわかっていない。弥尋の母親からも説明され、本人もニコニコと満面の笑みで報告してくれたくらいなのだから、決して悪い縁組ではないのはわかっているのだが。

手続きの際に一度会った三木隆嗣というその男は、男の久木田から見ても極上の部類に入る人間だった。勤務先も有名な大企業で役職も重役。いわゆるイケメンと呼ばれる顔で、男として羨ましいくらいのステイタスを兼ね備えた人物だ。

その男が今、姿勢よく目の前に座っている。真剣な表情に柔らかさがないのがちょっと怖いが、担任として伝えることは伝えなければと、教師魂に喝を入れる。

「暑い中、ご足労おかけしました。担任の久木田です。今日は——」

弥尋は隣の三木をそっと横目で窺った。

（すごく緊張してるみたい……）

傍からはそう見えないのかもしれないが、教室に入る直前から体の動きがどこか固いことに弥尋は気づいていた。両親や兄たちに会う前もそうだった。弥尋の関係者に会う時に、三木はどうしても緊張するのを止められないでいるらしい。

（だからといって、冗談を言える雰囲気でもないし……）

担任は担任で、わざと作ったような余所行きの顔で弥尋の校外模試の成績の推移をグラフ化したものを見せて説明しているし、合格ラインがどうのこうのという説明に頷きながら、三木は取り出した飴色には程遠いヌメ革の手帳にメモしていく。

（隆嗣さん手帳持って来てたんだ。……あれ？　でも仕事で使ってるのは灰色のシステム手帳だったような……微妙に違う？　え？　もしかして……）

こっそり横から覗き見れば、埋められた予定は全部弥尋のものばかり。直近の期末テストの日程も、時間割まで全部書かれているから驚きだ。

（隆嗣さん……）

愛されているとわかって嬉しいのか、そこまで覚えて気にかけてなくてもいいのにとか、様々な思いが去来するが、セックスしてもよい日に花マルがつけられていたり、燃えないゴミ出し日が書かれていたりしなかっただけでもヨシということにしよう。

「では今の学力であれば何ら問題はないと、そういうことですね」

「油断は出来ませんが、今のレベルを維持していれば文系であれば国内のどの学部も合格圏内です。それで自宅での学習ですが、三木君は今は予備校や塾には通ってないみたいですが、これからの予定は？」

「私も本人に勧めてはみたんですが、今のままでよいと言って。学校の夏季特別講習会には申し込みをしていましたが」

「ああ、夏季特は例年希望者が多いですからね、内容も濃いものがありますし。今の状態がベストなら、変に学習パターンを変えてしまって崩す方が怖いかもしれませんね」

「予備校にしても大学にしても、弥尋が決めたことを尊重するつもりです」

永久就職はしているのだから、浪人しても気にするなと三木は言う。気にするのは弥尋の側で、これは三木の伴侶としての弥尋の矜持(きょうじ)の問題だ。何が何でも現役一発合格、今の家から通えて、自分も含め誰もが納得する大学を選ぶつもりだ。

話をしているうちに、担任も三木も緊張が取れてきたのか、話はいつしか弥尋の学校生活へと移り、生徒会役員として頑張っているとか、クラスマッチでも活躍してくれそうだとか、互いに笑顔を浮かべている。いい傾向だとは思うのだが、

「――それで一年の時の三木に贈られた名称が三振キング――」

「先生っ！」

弥尋は大声を上げて立ち上がった。

「次の人が待ってますよ。隆嗣さんも！　会社に戻らなくちゃ」

「あ？　ああ、もう次の保護者の方がお見えなのか？」

「もうそんな時間か」

わざとらしい遮り方だとは思ったが、実際、予定された三十分を少し越えたくらいの時間で、担任も三木も弥尋の急な乱入を気にすることなく立ち上がった。

「それでは先生、これからもご指導、よろしくお願いします」

折り目正しく頭を下げる三木に、担任も固い動作で頭を下げて応えた。

「三木君にはいつも助けられていますから。しっかりしていていい生徒です」

「そう言っていただけると私も嬉しいです」

駐車場まで三木を見送るために向かいながら弥尋は、さっきの担任と三木のやり取りを思い出し、一人くすくす笑った。

「どうかしたのか?」

「二人ともすごく真面目な顔して話していたからおかしくて」

「こら」

三木は軽く弥尋を叱った。

「じっと見ていたと思ったらそんなことを考えていたのか」

「てへっ」

ちろりと出した舌を突かれる。

「真面目な話をしに来たんだから、当たり前だろう? 弥尋君の進路に関することなんだ。私がしっかり聞いておかなくては」

「大丈夫。俺もちゃんと考えてるから」

「それはそうかもしれないが。これから先、家事や他の家の用事が負担になるようなら遠慮なく言って欲しい。全部は無理かもしれないが、私も出来るだけ協力する。いざとなったらその時期だけ家政婦に来てもらってもいいしな」

「駄目。それは駄目。家政婦さんが悪いとかそんなのじゃなくて、俺がイヤ。前から言ってるでしょう。二人で暮らす家に他の人が入るのは嫌なんです。知らない間に隆嗣さんのものに触られるのは許せそうにないから……」

「弥尋……」

「俺の我儘だけど、お願い」

黙って見下ろしていた三木は、ふっと微笑を浮かべて弥尋の頭に手を乗せ、優しい動きで撫でた。

「それは我儘ではないぞ。弥尋が当然持っている権利だ。さっきも先生に言ったが、私は弥尋の意思を尊重する。したいようにしてみればいい。それで駄目な時はまた二人で考えよう。それが夫婦というものだろう?」

弥尋は目頭が熱くなった。涙が零れてしまいそうになる。

「……俺、隆嗣さんを好きでよかった」

「弥尋君が私を好きになってくれてよかった」

弥尋は笑った。笑って抱きつきたくてたまらないのを堪えるように、じっと見上げる。

「今すごくキスしたい気分」

「奇遇だな、私もだ。だが学校内だからな」

「うん。でも」

弥尋は三木を運転席に押し込んで座らせると、車内に上半身だけ入れて、自分から唇を合わせた。触れるだけで離れる予定だったのだが、そうする直前、頭の後ろに回された大きな手で、引き留められる。

「たか……んっ……」

抗議しようと唇を開いた隙に入り込んで来た舌が、弥尋の口内を蹂躙する。

「んん……ふっ……」

ここが校内だとか、来客の車が来たらどうしようだとか、校舎から少し離れているから見えないだろうとか、そんなことがぐるぐると頭の中を駆け巡りながら、口付けに酔う。

ちゅっと濡れた音を立てて唇が離れても、暫くは三木の胸にもたれかかって息が整うのを待たなければならなかった。

「——なんでいきなり」

「いや、あまりにも可愛いことをしてくれたものだから。私も緊張が抜けてほっとしたせいで止まらなくなってしまった。すまない」

しゅんとして謝られれば強く言えないのは弥尋も同じ。しっかりと堪能してしまったのだから同罪だ。

「もういいです。その代わり、今日は帰りに森乃屋で

お菓子買って来てください。夏の金魚のゼリー」

水色と透明のゼリーの中に、波を模した泡雪を浮かべ、餡と紅羊羹で作った金魚が泳いでいる夏限定の菓子が森乃屋で販売されているのだ。食べに行こうと思いながら、七月の怒涛のスケジュールに押され、立ち寄ることなく断念していた限定品を強請るのは今しかない。

「それだけでいいのか？」

「他にもお仕置きが必要なら考えますけど？」

「いや……わかった。夏の金魚だな。二つにするか？三つにするか？」

弥尋の場合、一つという選択肢はない。

「三つ」

「弥尋君が二つで私が一つ、だな」

そして必ず三木の分も数に入れてくれるのだから、機嫌伺いのために買って帰るのもまるで苦ではない。可愛い要求だ。

さて、大小様々な問題や弥尋の個人的なぐだぐだ感はあるにしても、一学期最後のイベント、クラスマッチはやって来る。

週末、金曜日と土曜日を使っての二日間は、好きなものにとっては勉強しなくてよい楽しい日、苦手な生徒にとっては早く終わってくれることを願う二日間になる。勿論、弥尋は後者である。

実はこのクラスマッチ、卒業生や保護者からの見学の要望が強く、毎年春の職員会議の議題に上がりつつ、却下されている行事でもあった。その理由は、警備上の問題——つまり盗難や盗撮への対応を学校だけでは十分にすることが出来ないと判断されているからだ。

外部へ発注するなら別途費用が発生し、いくら私立とはいってもその負担を気軽に保護者にお願いするには審議を重ねてからと、先送りしたまま十数年が経過しているところである。おそらく、今後も外部に公開されることはないだろうと思われる。

「――これをもちまして開会式を終わります。生徒の皆さんは引き続きワンマイルリレーが行われます。生徒の皆さんは所定の場所へ速やかに移動を開始してください」

開会式で司会を務めた弥尋がマイクを置いて戻って来ると、副会長と体育委員長が「御苦労さま」と声を掛けた。

「俺の仕事はこれで終わり。あとは閉会式で賞品授与するまで寝てていい？」

「残念だが三木、お前の出番はワンマイルリレーのすぐ後のバレーボール第一試合から組まれている。ちなみに主審は俺だ」

それは当然知っている。対戦表を作り上げたのも書き上げたのも弥尋なのだ。

「神谷ってバレーの審判も出来るんだ？　剣道だけじゃなくて」

「まあな。学校の授業で経験するほとんどの種目の審判くらいなら出来るぞ。あくまでも素人レベルだけどな」

「それでも出来るだけすごいと思うよ。俺なんかルールは覚えても、体が反応しないからダメ」

たとえば、バスケットで四歩歩いた。それがトラベリングという反則だと脳は理解しても、笛を吹くのがワンテンポ遅れる……という具合だ。スピード勝負の世界では、知識だけではさすがに通用しない。

「それなり楽しめればいいんじゃないのか？　三木も」

「楽しむ……ねえ。いやいや、やっぱり駄目そう。いかにチームメイトに迷惑かけないようにするかで精いっぱいだ」

ボールが飛んで来ませんようにと祈ってコートに立つことだけが、弥尋に許されたすべてだ。まあ、飛んで来たボールに手を当てるくらいは出来るだろうし、運がよければちゃんとまともに味方に都合よく上がるかもしれない。それが強烈なサーブやアタックではないことを祈ろう。

生徒会と体育委員会の協力のもと開催されるクラスマッチだが、教師たちも参加する。特に、バレーボールの優勝チーム対教師有志チームのエキシビションマッチは隔年開催ということもあって、かなり盛り上がりを見せる。自分が担当しているクラスへの声援や差し入れもあり、全校一体となって楽しめるのがこのクラスマッチだった。

開会式直後のワンマイルリレーは盛大な盛り上がりを見せた後、若さと経験を持った二年生に軍配が上がった。それと僅差で負けたのは一年生チームで、かなり激しい追い上げを見せた剣道部の一年生がゴールした瞬間には、割れんばかりの盛大な拍手と歓声が起こったくらいだ。

「芝崎(しばさき)って、有名なの？」

日差しを避けるため、生徒会特権を活用してテントの中で手団扇(うちわ)で仰ぎながら、見事な走りを披露した下級生の名を出せば、同じ剣道部の神谷が答えをくれた。

「今年の一年での有望株で、人気も高い。顔は和風系のすっきりしたハンサムで、寡黙な硬派って感じだな」

「遠藤とどっちが人気ありそう？」

「そりゃあ遠藤だろう。天下無敵の生徒会長に一年坊主が敵(かな)うわけがない」

その遠藤がワンマイルリレーに出場していないのが、三年生チームが三位に終わった敗因だ。神谷も役員はおとなしく見学に回ると宣言して辞退していたから、彼ら二人が参加していれば、もっとリレーは白熱したものに変わっただろう。

「さて、そろそろ出番だな」

立ち上がった神谷はニヤリと笑って腕組みすると、弥尋を見下ろした。

「な、なんのことかなあ？」

「しらばっくれるな。今からバレーボールの試合だろう。三年一組対一年五組」

弥尋の顔は絶望に染まった。

「俺に姫抱っこされて行くのと、腕を組まれて引きずられて歩くのと、自分の足で歩いて行くのとどれがいい?」

「……自分で行きます」

実に嘘くさい笑顔で、「さあおいで桜霞の君」と腕を広げる神谷の手をパチンと叩くと、弥尋は歩き出した。クラスメイトたちが待っているだろう、体育館へと。

三振キングなんて不名誉な名前を貰ったりしなければ、ソフトボールでもよかったのだ。炎天下、汗をかいてふらふらする体質でなければ。しかし、今の弥尋の体は弥尋一人だけのものではない。三木に愛されているのだから、妙な焼け跡や日焼けはご法度なのだ。

そもそも日に焼けると赤くなっていつまで経っても腫れが引かずヒリヒリする肌質なので、極力日には焼けないように気を遣っている。海やプールで戯れるのも嫌いではないのだが、シャツやラッシュガードなど上着が手放せない。

制服こそ半袖シャツを着ているが、日焼け止めは毎朝しっかり塗っての自転車通学なのだ。

だから屋内競技を選んだのだが、生徒会長が出場する優勝候補筆頭チームの試合だけあって、二階や一階の観客席は弥尋が外のテントでぐずぐずしている間に、すっかり埋まってしまっていた。熱気が体育館に充満し、始まる前から応援合戦もエキサイトしている。これで決勝戦でも準決勝戦でもないただの一回戦なのだから、生徒会長の人気効果はすごいものである。

チームメイトも練習を重ねてきた自信を持つ精鋭揃い。

「その中に役立たずが一人……」

自分で言って悲しくなる弥尋だ。

「三木、大丈夫か？」

よほどひどい表情だったのか、気づいた遠藤が気遣わしげに見下ろした。

「……うん。大丈夫じゃないけど大丈夫。とりあえず、邪魔にならないように善処する」

「三木はコートの中にいるだけでいい。後は俺たちがカバーする。レシーブも他のやつが代わりに受けるから、自分の方に飛んで来たと思ったらすぐに逃げるんだぞ」

「う、うん。わかった」

そもそも逃げられる気がしないんだけど——と心の中で意味のない反論をしつつ、空気を呼んで肯定しておく。

一人だけこっそりドッジボールルールの適用である。ただし、当たってもアウトにならない代わりに、相手には確実に一点入ることになるが。

「俺と黒川が前と後ろでローテーション組んでるから、うちのチームに死角はない。安心しろ」

自信溢れる遠藤の発言に頷いた弥尋に向かって、チームリーダー黒川は、親指を立てて見せた。

「遠藤、三木、集まれ。円陣組むぞ！」

補欠含めて九名が丸くなって肩を組む。

「優勝すれば担任ことクッキーから、ジュースとたこ焼きの差し入れがあるそうだ」

「おおーっ」

さすが食べ盛りの高校生、釣られるのは食べ物だ。そんな仲間を見て、黒川は大きな声で叫んだ。

「絶対優勝ーッ！　勝利は我が手に！」

「勝利は我が手にッ！　オオーッ!!」

まともに聞けば何とも恥ずかしい科白だが、言っている本人も他のクラスメイトも大真面目だ。これが日常から少し逸れた非日常の魔法である。

一セット目のスタートメンバーがコート上に散らばる中、そそくさとベンチに座ろうとした弥尋は、

「ぐぇっ……」

後ろからいきなり襟首を摑まれてのけぞった。摑んでいるのは同じくバレーメンバーの鈴木だ。

「三木、お前どこに行くんだ？」

「え？　だって俺、一セット目はベンチだろ？」

「予定が変わったんだ。最初から飛ばすんだとさ」

「え？　なにそれ？」

コートの中に引きずり込まれながら弥尋が尋ねれば、鈴木はこっそり耳元で囁いた。

「うちの弱点を露呈させないうちに徹底的に叩きのめすことにしたそうだ。相手にポイントを与えなきゃ、勝てるだろ。黒川も遠藤も本気で完封狙ってるみたいだぞ」

「……弱点とはもしかしないでも俺？」

「相手は一年だからな、三木の武勇伝を知らない可能性が高い。三年以外なら通用するんじゃないか？　だから三木」

「はい？」

鈴木は凄（すご）みのある笑顔を浮かべ弥尋に言った。

「絶対に怖がってる顔をするな。そこでにこにこ笑って立っていろ。それだけですぐに終わる」

「え、いいの？　それだけで」

「ああ。特に前衛になった時には相手のやつらに思いきり微笑みかけてやれ。桜霞の君微笑み攻撃だ」

「変な攻撃名」

ネーミングセンスの悪さもさることながら、本当にそんなのでいいのかなと半信半疑の弥尋だったのだが。

作戦がよいのか、それとも相手が単に弱いだけなのか、一試合目は最初の一球以外、相手チームにサーブ権を一度も与えることなく、本当に相手をゼロ封して勝利してしまった。二試合目も同じ作戦でそのまま続行、四試合目までもがそれで勝ててしまうのだから、

すごいものである。

「黒川のジャンプサーブ、あれはすごいよ。バレー部の人も取れなくて苦労してたよね」

その黄金の右腕は、今はスコップや鋤を持って学校内の花壇を耕すのに使用されているのだから実に勿体ない使われ方だ。遠藤の方も同じく、長身とテニスで鍛えたバネのある体を活かしたジャンプサーブにバックアタックと、黒川とのコンビも冴え渡り、完全に優勝を射程圏内に収めている。よほどのハプニングがない限り、三年一組の優勝は揺るぎないと思われる。

「自分が出ている試合でこんなにわくわくしたの、初めて」

苦手意識が先に立ち、憂鬱でたまらない顔をしていた弥尋の顔にもいつもの笑顔が浮かぶ。

「よかったな」

遠藤の目が笑いで細められた。

「この調子で勝ち進むぞ」

「目標は優勝？」

「当然だ」

下級生には通用した「桜霞の君微笑み攻撃」は流石に同じ三年チームには効果を発揮しなかったが、

「三木先輩、ファイトーッ!!」

「桜霞の君ィッ！　ガンバってくださーい!!」

弥尋たちのチームと対戦して負けた下級生チームがなぜか大挙して応援に駆けつけ、迫力と声援で敵チームを圧倒したからなのか、弥尋の微笑み攻撃が功を奏したのか、それとも回を進むごとに鬼気迫る迫力の団体になってしまったその他メンバーの実力のおかげか、見事バレーボールは三年一組が優秀を飾った。

最優秀賞は黒川。彼には「黄金の右腕で賞」が閉会式に授与されることになっている。弥尋は今年のクラスマッチにおける自分の出番が終わったとホッとしたのだが、引き続き戦意を持続させているチームメイトの発言で一気に脱力せざるを得なくなってしまう。

「明日のエキシビションもこの調子でいくぞ」

「相手は現役から遠ざかってる教師連中だ。若さと体力で押し切るぜ」

「教師倒したらクッキーにまた何か奢ってもらおうぜ」

「嘘だろ……」

茫然と立ち尽くす弥尋の肩を審判台から降りた神谷が能天気に叩いた。

「明日の活躍、期待してるぜ三木」

三木弥尋、不覚。優勝すれば次に対戦するのは体育教師を中心にした教師たちの有志チーム。

ソウデスネ、優勝チームはエキシビションマッチがあったんでしたね——。

「じゅ、準優勝で終わってればよかったかも……」

弥尋のクラスマッチはまだ終わらない。


「疲れただろう？」

「うん、もう大変。疲れて疲れて……」

クラスマッチの二日目が終わって帰宅した弥尋は、そのままリビングの床に転がって眠りかけたところを三木に引きずられるようにしてバスルームに連れ去られ、ウツラウツラしながら今は二人で湯船に浸かっている状態だ。

半分眠っていた間に髪も体も三木によってきれいさっぱり洗われていたのだが、気づいたのは三木の膝の上に抱えられてからだ。

「先生たちとの試合はどうだったんだ？」

「勝ったよ。意地で勝ちました。でもえげつないんだ、先生たち」

可愛い生徒のために手加減してくれる気などサラサラなく、弥尋など執拗な攻撃を受け、カバーに回ってくれる能力に長けたチームメイトたちがいなければ、さっさとボールに当たって倒れたフリでもして退場していたところだ。

　むしろ、そっちの方が弥尋の望んだ展開なのだが、味方の能力がすご過ぎた。弥尋一人のハンデなどものともしない。いっそ隅に突っ立っていた方が狙うポイントを絞れたとすら思える。

（はっ……もしかして俺、囮だった……？）

　そしてここでも発揮された桜霞の君コール。教師たちが弥尋を狙うたびに飛び交うブーイング。

「三木、お前、やつらを静めろ」

「嫌ですよ。俺を散々狙った先生の言うことなんか聞きません」

　ネットを挟んで文句を言う国語教師にツンとして、

「三木、森乃屋の夏限定金魚ゼリー、今度買ってやるから、な？」

「結構です。買ってくれる人、他にもいますから」

　英語教師の懐柔に心動かされながらも、とりあえず踏ん張った。

　そうして弥尋と体育以外の教師が堂々とネット越しに交渉をしている間に、実力のある主力たちの打つボールがコートを行ったり来たりする。どちらかに点数が入るたびに沸き上がる歓声と声援。

「二セット目でカタをつけたいが、駄目でも三セット目が勝負どころだ。あっちは運動不足の二十代後半。三十代だっているんだ。こっちは若さの十代。実力が同じなら体力勝負で十分勝てる！」

　いつもながら強気な黒川の発言は、教師チームに聞かれれば発奮材料になりかねないものだったが、あちらはコートチェンジの間にも休憩を取るのに忙しく、こちらの作戦など聞いちゃいない。

　結局弥尋は一セット目で交代して、最終の三セット目が終わるまで残りの時間はベンチから大きな声で声援を送ることに励んだ。

「それでね、勝ったから担任の先生からジュースとたこ焼きとお菓子を買ってもらってみんなで教室で食べて、それから帰って来たんだ」

「そんなに疲れてるなら迎えに行けばよかったな。自転車はきつかっただろう？」

「疲れたけど……ちょっと気持ちよかったよ。運動するのにあんなに一生懸命なことなかったから」

最近は苦手意識が先行して、競技と名のつく運動はやる前から諦観していたが、昨日今日の二日間、チームメイトに引きずられる形で参加して、とても楽しむことが出来た。

「たまには体育の授業も真面目に取り組んでみようかなって思ったよ」

三者面談の時に三木が担任に見せてもらった弥尋の成績表、五教科のすべてが五段階評価の五だったのに対し、体育だけが三の状態。この三も出席とペーパーテストや提出物で稼いだもので、実技だけなら間違いなく一だっただろう。

「表彰式で賞品授与が俺の仕事で、楽しかったです」

各種目の一位から三位までのチームの表彰と、活躍した選手に与えられる「賞」。「ほっぺたにキス」は想定内で、授与者が弥尋だと事前情報で知っている生徒たちは、最初からこれを狙っていたようだ。

「ほっぺにちゅーするの？　わかった」

断られるのを覚悟でお願いした二年生バスケチームの最優秀選手に、壇上で簡単に「いいよ」と弥尋が言った瞬間、マイクを通して声を拾った生徒たちの怒声と悲鳴とブーイングの嵐。これを収めたのは弥尋の取り出したアイテムだった。

「歴代生徒会に伝わるもので、タコなんだよタコ。口のところが柔らかい吸盤になってて、ちゅうーって吸い付くんだ」

それをほっぺたに押し当ててキスは終了。

「俺が本当にするわけないのにねえ」

アッハッハと高笑いする弥尋に、その時だけは小悪魔コールが鳴り止まなかった。

もっとも、期待外れに終わった対象者のあまりの肩の落ちように、後からこっそり新聞部から弥尋の写真が送られる手筈になっていると鈴木に聞いたが、見せられた写真は当たり障りのないもので、それならと弥尋も許可を出している。

「他の友達と一緒に映ってる豆粒みたいな写真だし、どうせ校内新聞にも乗るやつだからいいかなって」

「私はあまり面白くないぞ」

弥尋の写真を手に入れたやつらが何をするのか、想像するだけで表情が険しさを増す。だが、前を向いてのんびり三木の胸に頭を預けた姿勢で、湯水をちゃぷんちゃぷん足の先で揺らしてご機嫌な弥尋は気づかない。

「隆嗣さんには本物がいるでしょう？　触れるし、ぬくぬく出来るし、キスもえっちも出来るよ」

「こら弥尋。そんなことを今言うか？」

「勃(た)ちそう？」

「今日は抱くつもりはないんだ。煽(あお)るんじゃない」

「せっかく休みの前の日なのに？」

「疲れて眠そうな顔をしているのに？」

問い掛けに問い掛けで返した三木は、弥尋の体に回した腕を引いて自分の方へ引き寄せると、

「私のことはいいから、ゆっくりぐっすり眠りなさい。それに」

弥尋の首に吸い付いた。ちりっと熱が走り、三木がキスマークをつけたのだと知る。

「月曜日が休みなら、明日の日曜は思う存分抱ける。だから私のために今日は寝て、体力をつけるんだ」

「なるほど。そしてまた体力を消耗するんだね、俺は」

弥尋の明るい笑い声が浴室に響き渡った。

宣言通り、弥尋が休みだからとたっぷり愛を注がれた日曜、そして翌月曜の朝。

「隆嗣さん！　急いで着替えて！」

「朝食を食べてる時間は……ないな」

「うん、ないよ。お腹空きそうだったら、仕事の間にちょっと抜け出して、食堂で食べるかコンビニかどっかでオニギリかパンを買って食べてください」

寝坊した二人は家の中をバタバタと慌ただしく駆け回っていた。

いつもなら六時には目を覚ます弥尋がいろいろな意味で疲れて起きなかったこと、休日の延長で目覚まし時計をセットしなかったこと、一度目を覚ました三木もスピスピと気持ちのよさそうな弥尋の寝息を子守唄に二度寝してしまったことが原因だ。

それでも八時少し前には目が覚めたのだから、自分たちを褒めてやりたい。

三木が顔を洗って髭を剃っている間に、弥尋はクロゼットから靴下、ハンカチ、背広とワイシャツにネクタイ等、要するにスーツ一式を揃えてベッドの上に並べた。その間、弥尋はパジャマのままだが、今は自分のことよりも、三木が遅刻しないようにするのが先決だ。

前髪を濡らし、首にタオルをかけたまま三木が戻って来ると、頭を拭いている間にパジャマのボタンを外して脱がしていく。セックスの時には主導権を握られてばかりでボタン一つ外すことが出来ないのに、日常生活だと簡単に出来るのが不思議だ。

上半身が裸になる頃には三木の手も空いており、肌着にワイシャツ、ズボンを脱いで靴下、スラックスと身につけていく。ネクタイを結ぶのは髪の毛を整えた後だ。

三木がネクタイを結んでいる間に、弥尋はキッチンに駆け込んで冷蔵庫の中から出したフルーツミックスジュースをグラスに半分注ぎ入れた。それを手にして戻る頃には、三木はもう玄関で靴を履いているところだった。

「お腹の足しにはならないけど、半分だけ飲んで」

「ありがとう」

靴を履いて鞄を持って、姿身でチェックして三木隆嗣、出勤だ。

「あ、忘れもの」

ドアノブに手をかけた三木は、すぐに弥尋の前まで戻って来ると、頰に唇で触れた。

「行ってきます」

「行ってらっしゃい。運転、気をつけてね」

「わかってる」

ひらひらと手を振る弥尋に手を振り返し、三木が扉の向こうに消えてから、弥尋はふうと息を吐き出した。

「失敗したなあ。八時まで寝てるなんて新婚の時以来かも」

あの時も結構休みを満喫していたが、それでも起きる時間は大体七時前後で変わらなかった気がする。今朝は、完全に気が緩んでいた弥尋に影響される形で三木も起きなかったのだろう。こういうところで夫婦だなと感じる。喜ばしく嬉しくはあるのだが、同じ失敗は出来ることとならしたくない。

「気を抜くのは二人とも休みの日だけにしないと」

自分に言い聞かせるように呟いた弥尋は、欠伸をしながら寝室に入り、昨日の名残のシーツやカバーなどのリネン類を剝がすと、洗濯機に放り込んだ。そしてベッドパッドも引き剝がし、天日に干すためテラスに出した。

三木の脱いだパジャマと自分のパジャマ、昨日の洗濯物まで干し終わった頃にはもう十時近くになっていて、その頃には日差しもきつく、窓を開けると熱気がもわもわ入り込んでくるくらいの暑気だった。

ベランダから見上げる空は夏のコバルトブルー。浮かぶ雲も真っ白でまさに夏本番だ。

「夏なんだよな、もう」

洗濯機を回している間に部屋に掃除機をかけて回り、空気を入れ替えた。暑気が入り込むのは辛いが、まだ風が流れるだけ涼しいとも言える。

本川の実家では冷房は寝る前だけで、ほとんどの時間を扇風機だけを頼りに過ごして来た弥尋には、まだ外は耐えられないほどの暑さではないが、これが三十二、三度を過ぎて体温に近くなればさすがにきつい。

除湿目的で梅雨の時期からずっとつけっ放しの冷房は、七月の今になるまで一度も電源を切ったことがない。そもそも窓を開け放していれば、どこまで声が漏れてしまうかわかったものではないのだから、寝室にクーラーは必須だった。それに、くっついて眠るためには少しくらい寒い方がいい。

ただ、室内はそれでよくても屋外は違う。

先週の日曜日に、ショッピングセンターに行って大きな籐製の日除けを買って来て、バルコニーの西南側に立てかけ日陰を作るようにしたおかげで、コンクリートの照り返しから生じる輻射熱も緩和された。直射日光が入らなくなった結果、エアコンの効き具合も随分よくなったと思う。

洗濯物の全てを干し終わった弥尋は、冷凍庫の中に残っていたパンを焼いて食べると、そのままリビングの床に転がった。

「気持ちいい……」

リビングも柔らかな絨毯からい草のラグに変わっていて、少しクッション性のあるそれに寝転ぶとかなり涼しい気分になれた。

真夏日に熱帯夜。暑さに悩まされる毎日がやって来る。ただし室内は快適保証済み。

（そう言えば、アルバムまだ持って来てなかった……）

アルバムの話をしたのは四月の終わり。それから三ヶ月近く経とうとしているのにすっかり忘れていた。

弥尋の方はゴールデンウィークに本川の家に顔を出した時に持ち帰って来たが、三木の実家には初顔合わせの時に赴いて以来、行く機会がなく、アルバムを持ち帰る願いは叶（かな）っていなかった。

「夏休みに入ってからでもいいか」

夏季特別講習会はあるし、受験勉強も本腰を入れる大事な時期だが、本川と三木の実家を行き来する時間はある。

「兄ちゃんたちにも会いたいし、お義祖父さんやお義父さんたちにも顔を見せた方がいいだろうなあ」

芽衣子は夏の里帰りをしたりするのだろうか？

弥尋は枕を抱いてごろんと横になった。

出掛けたばかりの三木が早く帰って来てくれるといいなと思いながら——。


夢を見た。

青い空と白い雲がぽっかり浮かぶ夏の浜辺を、三木と手を繋いで歩く夢。

夢の中の小さな弥尋は、高校生くらいの三木とお揃いの大きな麦わら帽子を被っている。

そうして二人、波打ち際で、大きな声で笑いながら、貝殻を拾い、耳に当て、水飛沫（しぶき）を上げながら、白い波と戯れて遊ぶのだ。


——隆嗣さん——

弥尋の口から最愛の人の名前が零れ落ちる。

夏休み。

二人で過ごす初めての夏がやって来る。

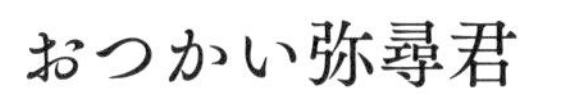
おつかい弥尋君

い草ラグの上で寝転び、微睡んでいた弥尋だが、もののの一時間もしないうちに、固定電話のベルで起こされることになってしまった。

「――……電話鳴ってる」

半分寝惚けたままの今の弥尋の姿は、青い大きめのタンクトップの肩がずれ落ち、白いハーフパンツからは腹が覗いていた。三木がいれば、乳首が見えそうで見えないチラリズムを喜びながらも、「弥尋ッ！」と叱りながら、上着を羽織らせそうなあられもない姿である。

受話器を上げる時に確認した表示名は「会社」。三木の勤務先からのコールだ。それに気づいた弥尋は、緊急事態でも生じたのか、それとも三木に何か不測の事態が発生したのかと、睡魔が吹き飛んで慌てて受話器に飛びついた。

「はいっ、三木ですッ」

一体誰が何の理由で掛けて来たのか、胸がざわめいた弥尋に、電話の向こうの主は言ったのだ。

「忘れものを会社まで持って来てくれないか」

と。

「隆嗣さん……？」

「そうだが？」

「……いや、いいです。うんわかった。忘れものを会社に持っていけばいいんだね」

「ああ、頼めるか？　腰はもう大丈夫か？」

「ん、大丈夫。今の今まで昼寝――朝寝してたから」

確かに緊急事態ではあるだろう。忘れものは忘れものでも、弥尋たちが教科書や宿題を忘れるのとは重みが違う。脱力した弥尋の声を訝しく思っているのだろう三木は、それがどこにあるのかを伝え、昼くらいに持って来て欲しいと電話を切った。

「今は十一時か。すぐに出なくても余裕だな」

まず三木が自室に置いたはずだという封筒を捜す。だが部屋の中にはなく、家の中をあちこち探し回った結果、玄関に置きっ放しにされているのを発見した。慌ただしく出て行ったので、持つのを忘れたのだろう。

「着替え、着替えっと」

顔を洗って歯を磨き、クローゼットを開いて悩むこと暫し。

「これでいいか」

弥尋が選んだのは、麻混の黒いスラックスと紺色のヘンリーネックのTシャツだ。上には吸湿速乾UVカット機能付きの白いカーディガン、日焼け止めは塗布済みだ。それに大きめの帆布のメールバッグを肩から下げて、封筒を中に入れると、駅まで自転車で行くつもりで愛車をサイクルボードから外してエレベーターへ向かった。

こういう時、ピアノも搬入できる大きめのエレベーターの便利さを実感する。

マンションのエントランスの自動ドアを出たところで、

「おう」

「こんにちは」

ちょうど中に入るところだった顔馴染みの職業不明の若者とすれ違った。

「今お帰りですか？」

「ああ。少し休憩に寄っただけ。また夕方から出て行くから、それまでゆっくりしようと思って。君は？」

「おつかいです」

「外は暑いぞ。倒れないようにな」

「はい、ありがとうございます」

笑って返事をし外に行きかけた弥尋だが、

「ちょっと待って。これを被ってけよ」

若者は自分が持っていたつばの広い深めのキャップ——帽子を弥尋の頭に乗せた。

「やるよ」

「え、でも」

「帽子や着るものは次から次に貰えるんで、受け取ってくれた方が嬉しい。ああ、大丈夫。車を降りて中に入るまでの間、ちょっと被ってただけだから汗もついてないし、臭くもないはずだ」

　持って行けという若者の厚意を断るのも悪い気がして、紺に白抜きのアルファベットでロゴが入ったその帽子を弥尋は有難く貰っておくことにした。

「ありがとうございます」

　その場で被って見せると「似合う似合う」と青年は手を叩いて笑った。

「じゃあな、俺は今から寝るから」

「おやすみなさい」

「暑いから気をつけて行って来いよ」

　ヒラヒラと手を振って奥に向かう若者に、昼に交わすには変な挨拶で応えた弥尋は、

（やっぱり夜の仕事の人なんだ。貢物をたくさん貰っていそうだなあ）

　などと想像を膨らませながら、自転車に跨った。

　エントランスの外に出るとむわっとした熱気が押し寄せ日差しはきつく強いが、スーッと流れる風は気持ちがよかった。


「大きいなあ」

　教えられた通りに到着したオフィスビルが立ち並ぶ一画にある三木の勤務先。その十五階建てのビルを下から眺め、弥尋は「うわあ」と感嘆の声を上げた。

　清潔そうなグレージュの外観と広く取られた車寄せのアルコーブ。これで人が誰もいないのなら入るのをためらったかもしれないが、幸いなことに、車が寄せられるたびに降りる人もいれば、揃いのユニフォームを着た出入り業者の姿も見える。勿論、スーツの男性

やビシッと決めたキャリア風の女性たちの姿も多い。

「入ってすぐ正面の受付に名前を言って呼び出してもらえばいいって言ってたけど……」

　おそるおそる中に入り、まっすぐ受付に向かい用件を告げると、すぐに男性社員が三木のいる部署まで電話を繋いでくれた。

「すぐにお見えになるそうです。あちらでお待ちください」

　ロビーのすぐ横は広い待合室のようなラウンジになっていて、観葉植物で区切られたワンステップ下がったフロアの柔らかなソファに座って、弥尋はほっと息を吐き出した。

「家族ですって言ったけどよかったのかな？」

　名前を訊かれ、三木弥尋と告げた時の受付にいた男女の顔。心底驚いた様子なのが弥尋にも伝わって来た。

「結婚したのは皆知ってるって言ってたけど、まさか名前までは言ってないよね」

にしては視線が気になる。そう、ロビーの中に足を踏み入れた瞬間から、ずっと視線を感じているのだ。

「やっぱり変……なのかなあ」

　エリートが揃っている大企業の本社に、私服姿の学生がいるのはどう考えても場違いで、浮いていても仕方ない。もう少しいい服を着てくればよかったかも、と半分後悔しつつしょんぼりしている弥尋はまるで気づいていなかった。寄せられる視線の種類が、学校で「桜霞の君」に寄せられるものとまったく同種であることを。

（あの子、誰？）

（どこの子？　誰の知り合いなの？）

（ロケが入るって話は聞いてないわよ）

（バイト？　どこの部署に入ったバイトなのよ）

（あの帽子！　クァンティーノのマリが被ってたのと同じ！）

（写真！　写真を撮って自慢しなきゃ！）

こそこそと女性社員を中心にしたネットワークがオフィスを上に下にと駆け回る。社内にいい男も綺麗な男もいるが、そんなのは何人見ても目の保養にこそなれ、飽きないことなどないものなのだ。

「早く隆嗣さん、来てくれないかな」

エレベーターの方を何度も見ては、別人が降りて来るのを見てがっかりと肩を落とす。そんな心細げな様子が、母性本能や父性本能をくすぐり、誰が最初に声を掛けるか——そのタイミングを計っている最中に、その男はやって来た。


「こんなところで高校生が何をしている？　まだ夏休みじゃないだろう？　学校はサボりか？」

この暑い中、ダークグレーのスーツに身を包んだ態度の大きい男、この会社を事実上動かしている専務である。

エントランスからまっすぐ弥尋のいるラウンジへ歩いて来た男の顔は弥尋にも見覚えがあった。

あの時はしっかり見てはいなかったが、葛原製薬の元社長に連れ込まれた料亭で、三木や上田弁護士と一緒にいた人物だ。弥尋のことを三木から聞いているのであれば、高校生・夏休みという単語がすんなり出て来たのも頷ける。

それにしても、まさかこんなところで再会するとは。目を瞠った弥尋だったが、一瞬で三木の上司だと判断し、立ち上がって頭を下げた。

「こんにちは。三木がお世話になっています。今日は振替休日で学校は休みなんです」

「だからか。それで、その三木は？」

「もう少ししたら降りて来ると……。ここで待つように言われてるんです」

「遊びに来たわけじゃなさそうだな」

三木の上司は後ろを振り向くと、控えていた秘書へ命じた。

「三木部長代理にすぐに下に来るよう伝えろ」

それから上司――十勝将毅はロビーのあちらこちらで、怖々と様子を眺めている社員をその鋭い目で見回した。途端、クモの子を散らしたように慌てて自分の持ち場に戻る社員たちを見て、十勝は深く溜息をついた。

「こんなところに一人で待たせるなど、三木は何を考えているんだ」

何と答えてよいものか途方に暮れていると、さっき受付へ伝言を伝えに行った女性秘書が戻って来た。

「部長代理、すぐにお見えになるそうよ」

弥尋がほっとしたと同時に、

「あ」

エレベーターの扉が開いて、三木が降りて来た。

弥尋の姿を認め、何か言いかけた三木は、しかし他にも社員がいることで、「弥尋」と叫びたいのをぐっと堪え、靴音を高く響かせながら急いでやって来た。

人が多いのも道理で、ちょうど昼食の時間にかかっている。出入りする社員の数は、先ほどより格段に多くなっていた。

そんな彼らの視線を遮るように弥尋の前に立った三木は、弥尋へ待たせてすまないと目で謝って、自分の上司へ手間をかけたことを詫び、そして弥尋の傍にいてくれたことの礼を述べた。

そして、物問いたげな秘書へは、

「私の妻だ」

弥尋の肩を抱いて紹介した。

「え？」

驚いたのは男を妻だと紹介された当の秘書よりも弥尋の方で、いきなりカミングアウトしてしまってよいのかと三木を見上げ、それから秘書を見れば、目を丸くしたのは最初だけで、彼女はにこりと、安心するようにと言うように微笑んだ。

「遅くなりましたがご結婚、おめでとうございます」

「びっくりしたあ……」

あの後、十勝と秘書は最上階にある役員室へと戻り、弥尋は三木と二人で社員食堂に来た。半地下にある採光溢れる清潔なそこは、食堂というよりカフェテリアのような感じで、昼を食べるためにやって来た社員も多かった。幸い席には余裕があり、二人は窓際の眺めのよいテーブルを確保することが出来た。

ここでも注目を集めた二人だが、一人で待っている時とは違い、三木が一緒にいることで、弥尋はもう視線を気にしていなかった。気にしているのは三木で、弥尋のたっての願いでデザートを食べに食堂へ案内したのだが、可愛い妻をじろじろ好奇の目で見られるのは、あまり好ましくないとやや不機嫌気味だ。可愛い弥尋を他の人に見せるのは勿体ないという結論になるのは早かった。

弥尋の方は、三木に挨拶をしたり話しかけたりする社員を見て、

（仕事して部下に慕われている隆嗣さんもかっこいい……）

と、見惚れていた。

「そうだ、忘れないうちにこれ」

ロースハムと海老のサンドイッチを食べ終わった弥尋は、バッグの中から取り出した封筒を三木へ渡した。

「わざわざありがとう。暑い中、すまなかった」

忘れても構わない書類なら別によかったのだが、今日の午後からの企画会議で提示する資料で、どうしても必要だったのだ。自分で取りに帰ろうとも思ったのだが――魔が差した。

弥尋をみんなに見せたい気持ちが、日差しが照りつける中、弥尋をここへ呼び寄せてしまった。

――心細そうにしてますよ。専務が急いでください

と。

村瀬(むらせ)秘書に言われ慌てて降りて来て、自分を見つけて安堵(あんど)した弥尋の顔を見てしまえば、いかに自己本位な考えだったかよくわかった。

「今度からは忘れものは自分で取りに帰ることにする」

「いいけど」

　気難しく宣言した三木を見てきょとんと首を傾(かし)げた弥尋は、だがすぐに「でもね」と笑顔を見せた。

「取りに帰るより、忘れものをしないように気をつけた方がいいと思いますよ」

「――あ」

「肝心なところが抜けてるんだから、隆嗣さんは」

　弥尋はくすくす笑った。気を遣ってくれているのは十分伝わるのだが、どうせ気を遣うなら根本から遣って欲しい。

（そこが隆嗣さんのいいところなんだけどね）

　しっかりして見えて、時々どこか抜けている。

　そんな三木の姿を見れるのは弥尋だけ。

「わかった。気をつける」

「そうしてください」

「私が来るまで、専務とは何を話していたんだ？」

「平日なのに会社にいるからサボりじゃないかって。違いますってちゃんと訂正はしたんだけど、信じてくれたかなあ。それから、どうしてここにいるのかを訊かれました。理由を話す前に隆嗣さんが来ちゃったから、忘れものを届けに来たことは言ってないよ」

「別に話しても構わないだろう？　悪いことをしているわけじゃないんだから」

「うん、俺はね。俺は悪いことは何にもしてないです。でも隆嗣さんは違うでしょう？」

「私が？」

　三木は首を傾げた。悪いこと――弥尋を呼び出したのが悪いことだというのならその通りだと思うが――。

「そう。だって忘れものをするなんて、小学生でも恥ずかしいことじゃないですか。上司の評価を下げるようなことは、妻として口にすべきじゃないでしょう?」

当然という顔で弥尋は言う。

「弥尋」

気が利いて、賢くて、綺麗で可愛い弥尋。

人前にも拘らず、無性に抱き締めたくてたまらなくなった三木は、抱き締める代わりに弥尋の頭に手を伸ばし、ぐりぐり撫(な)で回した。

三木企画部長代理のそんな姿を目にした社員たちが、珍しいものを発見したかのように目を皿のようにして凝視しているが、弥尋に示すべき愛情の前では些細(ささい)なものだ。

「今日は早く帰る」

「うん。待ってます」

早く帰って思いきりぎゅっと抱き締めたい。

ライバル

「――付き合ってください」

さらっとした長身の生徒の黒髪が風に揺れる。真面目な顔で、そしてどこか緊張した面持ちで、弥尋に告げたその後輩はじっと返事を待った。

すらりとした長身に映える紺色の袴。部活が終わってそのまま約束の場所に駆けて来たのか、顔には汗が浮かんでいる。ただ、赤い顔は走って来ただけのせいではないことを、弥尋は知っていた。

「俺でいいの？」

「先輩しかいません」

弥尋は少し考えるそぶりを見せた後、後輩を見上げにっこりと微笑んだ。

「わかった。付き合うよ」

「本当に……？　いいんですか？　俺、初めてで」

そんな答えを貰えるとは思っていなかったのか、言った後輩本人の方が当惑したように弥尋を見つめる。

「うん。いいよ別に。俺も嬉しいから」

少し恥ずかしそうに染めた頬。杏林館高校剣道部一年生芝崎一成は、ほっと息を吐き、体育系らしき律儀さで九十度に腰を曲げてお辞儀した。

「よろしくお願いします！」

「こちらこそ、よろしく」


「――でね、一緒に森乃屋に行ったんだ。芝崎もお菓子が好きみたいなんだけど、男で甘いものを食べるのは恥ずかしいってずっと思ってたらしくて、でも通学路で見かける森乃屋には入ってみたくて悩んでたんだって」

そんなところに聞いたのが、生徒会の三木弥尋が森乃屋のお菓子好きという話。弥尋の怒りを収めるために会計がお菓子を貢いだとか、教師から賄賂を持ちかけられたとか噂には事欠かない。

芝崎本人も、実際に弥尋が森乃屋で買い物をしている姿も見かけていたらしい。三木先輩なら一緒に行ってくれるのではないか、と勇気を出して告白したのが今日の放課後。

「すごく緊張してたけど、他にもうちの学校の生徒がよく利用してるんだって話してあげたから、今度からは一人でも行けるようになるんじゃないかな。俺は一人でも平気だけど、芝崎みたいに甘いものを食べに行くっても一人だと気後れする人もいると思うから、思いきって他の人を誘ってみるのもありだよって教えて来たんだ。誰か一緒に行く人が見つかるまで暫くは俺も付き合うけど。なに？　どうしたの隆嗣さん、急に抱きついて」

弥尋の体は今、背後からぬいぐるみのように三木に抱き締められていた。

「……そんな男に付き合うより早く帰って来て欲しい」

「帰ってるよ。今日だって隆嗣さんが帰って来る前にちゃんと帰って来たでしょう？」

「それでも」

「甘えん坊だなあ、隆嗣さんは」

弥尋は三木の頭にキスを落とした。

「大丈夫。誰よりも森乃屋のお菓子よりも隆嗣さんが一番好きだから」

だからね――。

小さく囁かれた科白に、三木は満面に笑みを浮かべ頷いた。

「奥様の仰せのままに」

ヤヒロクン

とある邸宅の一室。

一人の壮年が絨毯の上でおとなしく絵本を読んでいる幼児の前にしゃがみ込み、物憂げに話しかけていた。

「弥尋君は今頃何をしているんだろうねえ」

聞き覚えのある名に、ページを捲ろうとしていた幼児の手が止まった。

「ヤヒロクン？」

「優斗も覚えてるだろう？　隆嗣おじちゃんのお嫁さん」

「しってる。およめさんだね、ヤヒロクン」

優しくて、甘くていい匂いがして、きれいで可愛い男の人で、隆嗣おじちゃんのおよめさん。

「優斗も会いたいかね？」

そんなことを言われると会いたくなって胸がきゅんとなる。

「うん……」

「そうだろうそうだろう。それなのに隆嗣のやつめ、相変わらず弥尋君を独り占めして全然うちに連れて来ないじゃないか」

「ヤヒロクンはおじちゃんのおよめさんだよ？」

じいちゃんのおよめさんじゃないよ？

「それでもだ。優斗だってヤヒロクンは好きだろう？」

「うん」

だいすき。

「そうだ優斗。じいちゃんとお散歩に行こうか？」


「お母さん、優斗知りませんか？　さっきまで絵本を読んでいたはずなんだけど、いないんです」

趣味で制作した陶芸品が部屋に溢れてきたため作業

部屋で整理していた三木雅嗣は階下に降りると、献立を考えていた母親の馨子に息子の居場所を尋ねた。

「いないの？　おかしいわねえ、私が見た時は居間にいたけど。——雅嗣、お父さんは？　お父さんはいる？」

「いや、僕は見てないけど。お父さんと一緒ってこと？」

「たぶんね」

言って馨子はハッと気づいたように顔を長男に向けると、即座に指示を出した。

「雅嗣、お父さんの車のキーがあるか確かめて。それから優斗の鞄も」

「キーは……あっ、ビートルのキーがない」

鍵の有無を確認した雅嗣は何かに気づいたようにバタバタと階段を駆け上がって二階に行くと、すぐにまた駆け足で降りて来た。

「優斗のお出掛けバッグと帽子もなくなってた」

「やっぱり。優斗の鞄にエアタグは付けたままなんでしょう？　携帯も入ったまま？　お父さんは携帯に出ないのよ。優斗のＧＰＳで場所の確認してちょうだい」

「わかった。——……現在移動中。この道は……」

即座に自分のスマホを操作して画面を呼び出した雅嗣は、点が移動する地名を確認して眉間に皺を寄せた。

「想像した通り、隆嗣のところに向かってますね……」

「——やられたわね。雅嗣」

「はい。隆嗣に電話しておきます」

馨子は頭が痛いと、こめかみに指を当てて揉んだ。

「まったく……。お父さんにも困ったものだわ。自分が会いたいだけなのに優斗まで一緒に連れ出すんだから。隆嗣は出た？」

「いやまだ……あ、隆嗣か？　僕だけど。うん、雅嗣。お前の兄さんだよ。え？　今取り込み中？　いやそんなこと言われても……あ、馬鹿切るな！　今、お父さんと優斗がそっちに向かってるんだ。そう、家を抜け出したんだよ。もうすぐ着くと思うから——え？　あ、まあ…好きにしてくれたらいいよ。うん、わかった」

「隆嗣は何て？」

「着いたら優斗は引き受けるけど、父さんは追い返すって。——取り込み中だったらしくてさ、怒られたよ。僕が悪いんじゃないのに」

「……間が悪かったわね」

　馨子と雅嗣は二人揃って疲れたように溜息をつくのだった。

　弥尋は可愛らしいお客様を膝の上に乗せてもてなしていた。

「ヤヒロクン、どうしておじちゃんはおこってるの？」

「それはね、おじちゃんの大好物がお預けになったからだよ。さ、優斗君、一緒に絵本を読もうか」

「うん！」

　一方、三木の方は

「弥尋君！　私も中に入れてくれ！　ほら、森乃屋のお菓子！」

「……もういい加減に帰ってください、父さん」

レストＲ五〇三号室

「あ」

鼻歌を口ずさみながらキッチンで料理をしていた弥尋が上げた短い声に、リビングで新聞を読んでいた三木は、何事かと立ち上がって顔を上げた。

「どうかしたのか？」

「え？　ああ、なんでもない。お皿をラップで包もうと思ったら、途中でなくなっちゃっただけだから」

「そうか。それならよかった。てっきり指でも切ってしまったのかと思った」

「ごめんなさい、驚かせて。でもよく声が聞こえたね。すごく小さかったはずなのに」

三木はふっと笑った。

「弥尋君の声が私に聞こえないはずがないじゃないか」

「……それは結構すごい能力かも」

すごくはあるだろうが、日常レベルから考えればあまり役に立つとは思えない能力でもある。

「それでラップの予備はあるのか？」

「うん、それは大丈夫。この間特売で五本まとめて買って来たのがパントリーにあるから」

大丈夫と言いながら、弥尋の視線は空になったラップに落とされたまま動こうとはしない。

つられて三木も手の中のものに目を向け、首を傾げた。なんてことはないラップの芯である。

「どうした？　捨てないのか？」

「いや捨てるのは捨てるんだけどね、なんだかちょっと捨て難いというか、手放したくないというか、気になるというか」

眉間を寄せた三木に弥尋は言った。

「――これってどう思う？」

「どう思うとは？」

「あのね…」

躊躇いがちに紡ぎ出された弥尋の科白は、

「隆嗣さんのとどっちが大きいと思うかなって……」

三木は新聞をテーブルの上にバサリと投げ出すと、大股でキッチンに向かった。そして無言で弥尋の手から話題のブツを取り上げると、両手で持ってパキンと真っ二つに折ってしまう。

「た、隆嗣さん？」

思わず痛そうだなと顰めた弥尋の顔を、ラップの芯をゴミ箱に捨てたその手で三木が挟み込み、上から覗き込む。

「どっちがなんてわかりきってるだろう？　まるで違うじゃないか。それともさっきの発言は私を誘っているのか？」

「え、いや別に誘ってたわけじゃないけど、握り具合とか硬さが似てるかなって。大きさ？　太さは隆嗣さんの方が上かなって思うけど」

「なるほど。弥尋君はまだ私がわかっていないようだな。そんなに確かめたいなら自分で確かめたらどうだ？」

「え……ちょっと待って隆嗣さんっ、今はまだお昼！　そんなとこ触らせないでよっ。ちょっと！　どうして触る前から大きくしてるんだよっ！」

料理が完成したのはそれから九十分後のことである。

レストR五〇三号室 2

日本に住んでいる以上、仕方のないこととはいえ、長くじめじめ続く梅雨の時期は、一家の主婦として家庭を預かる身には悩みの種でもある。買い出しに掃除、洗濯と、お日様の光や風を存分に取り入れながら行いたいことの何と多いことか。

　雨が降らねば渇水になり、挙句は節水制限までされてしまう可能性も多々あるだけに、コンクリートジャングルに成り果てた都会にも雨の恵みがもたらされるのは、嬉しいことだとは思うのだ。

　今時、コンビニへ行けばペットボトルに入った水はすぐに買うことが出来るが、水道の蛇口を捻ればすぐに水が出て来るという、日本に住む現代人にとって当たり前の恩恵が受けられなくなるのはやはり辛い。

　そんな雨の週末。弥尋と三木は住居にしているマンションの広いリビングで、ゆったりとした時間を二人だけの寛ぎに充てていた。

「ねえ隆嗣さん、ドイツはビール、フランスはワインが出て来る専用の蛇口があるって本当？」

　ソファに座ったまま、ポタンポタンという雨だれの音をＢＧＭに問えば、出張や旅行で外国へは何度も訪問している三木は、読んでいた経済誌から目を上げて、首を傾げた。

「いや、私は聞いたことはないな。初耳だ」

「へえ。隆嗣さんでも知らないことがあったんだね。向こうじゃ常識らしいよ」

　ちょっと待て。

　そう思ったのは三木ならずとも、のはずだ。

　どこか自慢げな口調と響きが含まれた声に、三木は雑誌を伏せてテーブルに乗せ、改めて弥尋へ向き直っ

た
「らしい……って、弥尋君、それは誰に聞いたんだ？」

「学校の後輩。後輩は友達から聞いたって言ってた。その友達はヨーロッパに住んでいた人から聞いたって」

「それで向こうの常識だと？」

「うん。でも困るよね。水道と一緒についてたら子供が間違って飲む可能性だってあるんだから」

それとも大人が管理出来るように鍵がついてるのかな？

水とお湯の青赤のように、蛇口にはワインは紫、ビールは黄色で色分けしたマークがついてるのかな？

「あ、あとね、愛媛だったか和歌山だったか、どっちかの県はミカンジュースが出る蛇口があるんだって。ワインとかビールは別にいらないけど、みかんジュースの蛇口ならあったら嬉しいかなあ」

本気で考え込む弥尋に、三木は何とも言えない表情になる。

（あるはずがないだろうに……）

ワインもビールも温度管理が美味さを左右する要素の一つなのだから、水道管のように不特定多数のご家庭に提供するような、そんなサービスがあるはずがない。

「弥尋君、それはホームサーバーのことを大袈裟に言っているだけだと思うぞ。サーバーならそれなりの金額さえ出せば、一般家庭でも入手できるからな」

メンテナンスや品質、使い勝手などピンからキリまであり、決して安くはないが、愛好家たちにすれば格別高いというわけでもない。ビールサーバーもワインサーバーも水道も、蛇口を捻ればすぐに出て来るという共通点はあるが、仕組みは別だ。

「そうなんですか？」

「ああ」

「そうか。なあんだ」

せっかく仕入れた知識が偽物だと知らされ、不満げに膨らんだ弥尋の頬を三木の指がプニとつついて宥める。

「あったら楽しそうだと思ったのに。じゃあアラブの金持ちの家は庭から直接オイルを汲み出せるっていうのも？」

「嘘だな」

原油など精製が必要なものがそんなにホイホイ出て来てたまるものか。大体、その理屈ではガスの産地では天然ガスさえも蛇口から出て来るという発想になってしまう。せいぜい、温泉地で炭酸水や温泉がすぐに出て来るサービスくらいが有効且つ有能なくらいだろう。オイルやガスは実に危険極まりない。

「残念」

「石油の話はともかく、弥尋はワインやビールが飲みたかったのか？　欲しいのならワインサーバーを買ってもいいが」

酒が飲める三木も、家では特に口にしないため、二人だけのこの家には酒類のストックはあまりない。

だから物珍しさに、あからさまに胡散臭い話題に飛びついたのかと思い尋ねれば、「ううん」と首を振る。

「飲みたいわけじゃないよ。だからわざわざ買う必要はないです。それにお酒の美味しさは俺はわからないし、まだお酒が飲めない年齢だもん。ただそんなのがあるなら、ちょっと楽しいなって思っただけ。フランスとかドイツに行った時に見物するものが増えるでしょう？」

捻ればすぐに出て来るというのはいかにも現代的で、「他の国から見れば、日本も同じように蛇口を捻れば何か出て来ると思われているのかもしれないね」

スイスならチーズやミルク、ベルギーはチョコレート？

あったら楽しいね、と笑う弥尋に笑みで返しつつ、三木はふと思いついて口にした。

「もしも私に蛇口がついていたら何が出て来ると思

う？」

　弥尋は一瞬きょとんと目を丸くし、それからにっこりと微笑んだ。

「そんなの決まってる」

　膝の上にすとんと座った弥尋の腰に手を伸ばし、華奢な体を抱き締めて胸に頭を押し付ければ、トクントクンと聞こえる鼓動。

　頭の上で弥尋が微笑う。

「聞こえる？　俺にもいっぱいつまってるでしょ」

三木への想いと愛が。

零れるほどにたくさんの。

　ずっとずっと涸れることのない、互いだけが汲み出すことの出来る愛情という名前の泉から、こんこんと湧き出る想いが。


後日。


「隆嗣さん！　隆嗣さん！」

　仕事から帰宅して玄関に入るなり飛び込んで来た弥尋を三木は受け止めた。

「どうした、そんなに慌てて」

「大ニュースだよ！　あったんだよ！」

「何が？」

「みかんジュース！」

「はい？」

「ほら、前に蛇口の話をしたでしょう？　あれ」

「ああ、あったな。え？　もしかしてみかんジュースの出る蛇口が本当にあったのか？」

「そうなんです！　隆嗣さんでも知らないことあったんだね。インターネットで調べたら、ちゃんとあったんだよ。和歌山じゃなくて愛媛県に」

　ネットは偉大だと弥尋はなぜか鼻高々だ。

　実際、調べればすぐにわかることを三木が確認を怠ったからではあるのだが、弥尋は三木が知らなかったことを自分が知っていたことで自慢げだ。

（そんな弥尋君も可愛いが）

きっと三木が帰って来るのを今か今かと待っていたのだろう。そう思うと愛しさが増す。

来て来て、とはしゃいで腕を引っ張る弥尋の姿は、三木の兄雅嗣に甘える甥の優斗とそっくりで、口元に浮かんだ笑みを袖口で隠しながら後をついて行く。

リビングに置かれたタブレットにはみかんジュースが出て来る場所一覧が表示されていた。

「本当だ、ジュースが出ている」

「ね！　楽しいよね！」

「よく見つけたなあ」

「まあね」

わしわしと弥尋の頭を掻き回しながら、三木は画面をスクロールして上から下まで文字を目で追った。

（なるほど、空港や温泉、観光施設か）

空港には立ち寄ったことがあるのだが、ほとんどの場合、日帰りで時間が押しているため気をつけて周囲を観察していなかった。もしもその時に注意深く見ていれば、弥尋からの尊敬を受ける栄誉にあやかれたかもしれないと思うと、己の失態に歯噛みする。

（だが）

失態を挽回するチャンスはまだしっかり残されている。

「弥尋君」

「ん？　隆嗣さんもみかんジュース飲みたくなった？」

「そうではなく……いや、それもあるんだが、今度一緒に行こうか、みかんジュースを飲みに」

「行きたい！　行きたいけど、隆嗣さんは忙しかったりしない？」

「休みの調整はするが、おそらく大丈夫だ。四国に行くなら神社にも寄ってお参りしようか。それから温泉に浸かってゆっくり観光するのもいい」

最寄り空港までは飛行機で行くとして、レンタカーを借りて中国四国を観光しながら回るのもいいだろう。

「嬉しいなあ。隆嗣さんと旅行。もしかして新婚旅行になるのかな」

三木は微笑んだ。

弥尋の受験が終わった来年の春を目途に、三木はアメリカ旅行を計画している。まだ弥尋には内緒にしているので伝えられないのが心苦しいが、国内旅行でもこんなに喜んでくれるのなら、日本全国津々浦々どこにでも連れて行くつもりだ。

「都合がつくなら本川のご両親も一緒にと考えているんだが、弥尋君はどう思う？」

「俺の両親もつれて行ってくれるの？」

「ああ。せっかくご両親も一緒に乗れる車を買ったのに、まだどこにも行けていないだろう？　四国にはさすがに車では行けないが。飛行機で行くならご両親にも負担はかからないから場所の選択としてはいいと思ったんだが。有名な温泉もあるし、どうだろうか」

弥尋はまじまじと三木の顔を見つめた。

「隆嗣さん……」

もしや弥尋は二人だけの旅行を期待していたのだろうかとあたふたした三木だが、

「隆嗣さん、大好きっ！」

弥尋が胸に飛び込んで来て慌てて抱き留めた。もう少しでタブレットがテーブルから落ちる勢いだったので、テーブルの縁に押し付けられた腹が結構痛い。

だがそれ以上に、弥尋の笑みが痛みをあっという間に感じさせなくしてくれた。

「本当に、父さんや母さんも一緒にいいの？」

「あ、ああ、そのつもりだ。日程が合うなら志津君や実則君もと思っているんだが」

「いいの？　本当にいいの？　たぶん実則兄ちゃんは行けないと思うから気にしないでいいと思うけど、父さんと母さんと志津兄ちゃんまで一緒で、本当にいいの？」

「弥尋君の家族だからな。本当ならもっと家族と一緒にどこかに出掛けたりしたかもしれないのに、私と結婚したことで早くに家を出ることになって、その機会がなくなってしまっただろう？　だから、どうせ旅行に行くなら一緒にと思ったんだ」

「嬉しいです。俺、とっても嬉しい」

「弥尋君が喜んでくれて私も嬉しい。それでご両親は大丈夫だと思うか？」

「うちの父さんと母さんなら絶対に喜ぶ」

「遠慮しないと思うか？」

「しないしない。俺たちのことなんて全然気にしないで、自分たちで楽しむと思うから平気だよ」

「誘って迷惑なんてことは……。断りたいのに断れなくて渋々ということは」

「絶対にないと息子の俺が断言します」

もうっ、と言いながら弥尋は三木の膝の上に乗り上げて、首に腕を回し鼻先を擦り寄せた。

「あのね、隆嗣さん。駄目な時は駄目って俺はちゃんと言うから、気にしないでどんどん言いたいことを言って？　黙っておろおろしてる隆嗣さんを見るのも楽しいけど、俺だって一緒にいろいろ考えたりしたいんだから、遠慮はしなくていいんだよ」

「言いたいことは言っているつもりなんだが……。その、私の都合でいいように引っ張り回すのもよくないなと思って」

「それを判断するのは俺です。そしてほとんどの場合、それは俺にとっても嬉しいことだと思います」

「そうか」

「そうです」

すりすりとお互いに鼻先を擦りつけ合って、笑い合う。

「そうと決まれば旅行の計画を立てなくてはいけないな」

「日程はお盆の前か後くらい？　父さんが忙しくない

のはお盆の後だった気がする」

　郵便局に勤務する父親は、配達業務も担う会社の常としてお盆の前後は繁忙期で大変大変多忙なのである。実際に配達に出向くのは若手が多いのだが、ネコの手も借りたい時期には昔は若かった人たちまで駆り出されるとあって大変なのだ。

「じゃあお義父さんに聞いて休みが取りやすい日にしよう。繁忙期が終わった後なら慰労にもちょうどいいな」

「父さんだけ観光しないでずっと温泉に入りっ放しかも。俺、沢井さんとこで肩揉みとか頭のマッサージを習って来ようかなあ」

「じゃあ、弥尋君が習って来たら私が実験台になってどのくらいの腕前かを確かめる役になろう」

「評価は甘めにお願いします」

「それでは実験台の意味があるのかどうか疑問だな」

　笑って三木は膝の上の弥尋の向きを変え、タブレットに向き合うように座らせた。

「日程を決める前に、どこに行きたいか、どのホテルに泊まりたいかを先に決めてしまおう。二泊三日以上だとゆっくりしやすい」

「ホテルはねえ、みかんジュースが出るところ一択で。それ以外は俺は特にないかなあ。でも名物料理は食べてみたい」

「そこは押さえるから安心しなさい。泊まる場所さえ決まれば、後は到着時間やルートから行ける場所をピックアップしていけばいい」

「神社ってどこの？」

「こんぴらさんで有名な金刀比羅宮だ。弥尋君」

　三木は可愛い伴侶の肩に顎を乗せて表示させた画面を指差した。

「この階段を上るからな。頑張ってくれ」

　指の動きを目で追った弥尋の目が丸くなる。

「えっ！　ちょっと待って！　なにこの石段！　なん

でこんなに急なの！　これを俺が上るの⁉」

「上った先に本宮があるんだ。参拝者は上った先にある本宮にお参りするんだぞ」

「……俺、上り切れる自信がないんだけど」

「大丈夫。子供でも犬でも上れる。階段の途中途中に店も出ているから休憩も出来るし、杖も借りられるぞ」

「子供でも犬でも……って」

「ほら、こっちには参拝の様子を映した動画もある」

「うわ、本当に犬もいた。子供も……優斗君くらいの子までいるよ……。それにお年寄りもたくさんいる」

「平気だろう？」

「これを平気と言ってよいものなのでしょうか、旦那様」

「為せば成るだよ、奥様。夏に向けて頑張って運動しようか」

　旅行は行きたい。みかんジュースは飲みたい。温泉にも入りたい。お宮参りもしたい。でも階段は……。

「俺、怪談は好きだけど階段はあんまり好きじゃない」

「大丈夫。私がついている。休み休みで半日かかったっていいんだ。その弥尋君の頑張りを神様がご覧になっているんだから」

「……頑張る」

　よしよしと頭を撫でられて、弥尋のやる気は多少上昇した。


　さらに後日。本川の実家に行って旅行のお誘いをしたところ、父よりも母の方が大喜びだった。

「行く行く！　絶対に行く。休みもシフトをいじくり回してもぎ取るから三木さんにお願いしてちょうだい。それにしてもこんぴらさん、志津が生まれた後に行ったきりだったから懐かしいわあ」

「え？　母さん、行ったことあるの？」

「うん。あの時はねえ、産後太りでダイエットしなきゃって思ってたからちょうどよかったのよ」

「……参考までに訊くけど、何がちょうどよかったの？」

「参拝よ？　お宮までじゃんじゃか歩いて上ってね、汗もかいてとっても気持ちよかったのを覚えてるわ。途中で七十歳くらいのご夫婦と一緒になって、いろいろ話しながら向かってたらあっという間に着いたわ」

「そ、そう」

「そうだ弥尋。こんぴらさんに夏に上るなら、脱水症対策はきちんとしておいた方がいいよ。途中にお店はあるから飲み物はいくらでも買えるけど、濡れタオルや冷えピタは何枚もあった方がいいと思う。もし三木さんも初めてのお参りなら、母さんがいろいろ用意しておくから、伝えておいてくれるかな」

「……そんなに準備が必要なの？」

「うーん、夏だからかな。冬はあんまり気にしないでいいとは思うけど」

「俺、隆嗣さんにちょっと日程の変更をお願いしようかなあ」

「母さんは当日が曇りなのを今から祈っといてあげるわ」

　まさか母親が経験者だったとは。

　そして齎された情報は運動音痴の弥尋を慄かせるに十分だった。

「おかえり弥尋君。さっき電話で話したんだが志津君が乗り気で、実則君も行くつもりでスケジュールを押さえているそうだぞ。こんな時じゃないと滅多に行く機会がないからな。みんな喜んでる」

　笑顔の三木に思う。

　やる気が溢れて出て来る蛇口が欲しい、と。

レストR五〇三号室3

外から帰って来た弥尋は、ちょうど玄関ドアを開けて中に入ろうとしていたスーツ姿の三木を認め、笑顔で駆け寄った。

「おかえりなさい、隆嗣さん」

「ただいま」

中に入るまでドアを片手で押えていた三木は、扉を閉めて施錠すると、ただいまのキスをして弥尋が手に持つビニール袋に目を落とした。

「買い物に行って来たのか？」

「うん」

「私が帰って来るまで待っていてくれたら車で一緒に行ったのに。急ぎの用だったのか？」

「ううん。違うよ。ただちょっと思いついただけ。隆嗣さんが帰って来てすぐに一緒にサンドイッチ食べたいなって」

「そうか」

言いながら、いつものように弥尋の頭の上に手を乗せた三木は、思いがけず冷たく濡れた感触に眉を寄せた。

今はすでに雨は止んでいる。車で帰る途中もワイパーを動かす必要はなかった。局地的にここら一帯にだけ降っていたのかとも思ったが、弥尋のパステルグリーンの傘は、畳まれたままスーパーのものらしき透明なビニール袋に入れられたままだ。

「こんなに濡れて」

弥尋の全身は細かい水滴で濡れていた。

「後で拭くから大丈夫。ちょっと帰りに車に撥ねられただけだから」

「――撥ねられた？」

「あ、水たまりの水をね、こう、バシャアーッって」

「運転手は？」

「知らない。走って行ったから」

「ナンバーは覚えているか？」

「そこまでは……。えっとね、隆嗣さん。大丈夫だからね？　ただ濡れただけなんだから」

「悪気のあるなしは問題じゃない。人に水を浴びせておきながら知らん顔をして逃げて行くのは褒められたものじゃない」

　しかも私の弥尋君に……。

　今にも犯人探しに出掛けて行きそうな気配に、怒りを静めるべく弥尋は慌てて三木の袖を引っ張った。

「わざわざ探すことないから！　ねっ？」

　今日は土曜。いつもなら休みの三木は、午前中だけ会議のために出勤し、一人家に残っていた弥尋は、すぐに帰って来ればいいかと、雨の中、一人傘を差して歩いて十五分ほどのところにあるスーパーマーケットへ昼食の材料を買いに出掛けたのだった。

　どうしてもサンドイッチが食べたくて、コンビニでは具の選択肢が多くはないために選んだスーパーだったのだが、結局は品数の多さに目移りしてしまい、レジ袋にたっぷりつめこむことになってしまった。

　帰りには、クロワッサンやフランスパンを行きつけのベーカリーで買ったものだから、さらに荷物が増えた。

　ただそれだけなら重くて大変で済んだ話なのだが、行きがけは降っていた雨が止んだ帰り道、お約束のように道路を走って来た自動車が撥ね上げた水たまりの飛沫（しぶき）が全身に降り注いだ。

　買い込んだ食料品が濡れるのは絶対阻止だと、咄嗟（とっさ）に商品を庇（かば）ってその結果、半身だけがそれなりの濡れ方をしてしまったというわけである。

　まだ怒りは収まらないまでも、濡れた弥尋をどうにかする方が重要だと矛を収めた三木は、

「――待ってなさい」

　弥尋にそう言い置いて、バスルームへと向かった。

すぐに戻って来た三木の手には白いバスタオルが握られており、ふわりと頭の上に置かれた。

「いくら夏でも濡れたままだと風邪を引く」

「ありがとう」

心遣いに礼を言ってバスタオルを受け取った弥尋は、傘立てに立てかけるために、カサ袋を外そうと頭からタオルを被(かぶ)ったまま傘に手を伸ばし——。

「どうした？」

そして考えるように動きを止めた。

「え？　あ、あんまり大したことじゃないから気にしないで。ちょっと傘を見て思い出しただけだから」

慌てて笑顔で答えるも、弥尋のことになると三木は意外としつこい。

「傘？　壊れたのか？」

「ううん。傘っていうより、傘の袋がちょっと、ね」

弥尋は外しかけたビニール袋を手際よく下まで下ろすと、傘だけを傘立てに戻し、残されたカサ袋をつまみ上げた。

「これってなんか似てると思わない？」

「何に？」

「コンドーム。先の方に溜(た)まるところとか、つけたり外したりするところとか」

——似てるか？

まず三木が思ったのはそれだった。

しかし、と思い直す。

弥尋はサランラップの芯を見て、ナニを連想したこともある。狙ってのことではなく、単に思いついたことをそのまま口にしているに過ぎないと理解していても、突然同意を求められた三木は、何と答えてよいのかが思い悩んでしまう。

そして、自分の発言が夫を悩ませていることに気づかない弥尋は、話題にしたことで、さらに想像力を育てていた。

傘のは上手に入れられるのに、どうして「ホンモノ」

にコンドームをつける時には上手く出来ないのだろうか、と。

夫婦生活をする中、初心者だった弥尋もそれなりに成長はしているものの、コンドームの装着に関しては、まだまだ手間も時間もかかってしまう。

（隆嗣さんは早いのに）

急ぎの時――三木の目にあまりにも弥尋が色っぽく映り過ぎて保ちそうにない時など、器用に片手でくるくるとつけることもある三木の域に達するには、まだまだ練習が必要なようだ。

しかしそう考えれば、三木の手際のよささえも、今までの経験から来る余裕に感じられ、若干の嫉妬を覚えざるを得ないわけで。

それに――。

（隆嗣さんのはおっきいから上手く出来ないんだよ、きっと）

弥尋がもたもたしている間にも、ピクピク動いたり、むくむく大きくなるのだからつけ難いったらないのだ。

真剣に装着しようとしているのに、三木のモノは弥尋の言うこと（？）をまるで聞いてくれず、挙句、焦れて焦れてたまらなくなった三木「本体」が無理矢理弥尋からコンドームを奪い取ってさっさと自分でつけてしまう。

本当にずるい。

これでは上達するはずもない。

カサ袋からコンドームの装着技能を連想していた弥尋は、いつの間にか三木の理不尽さを心の中で憤り、今夜も頑張ろうとチャレンジ精神を燃やしていたのだが――。

「あ」

ついと伸びた三木の手にカサ袋を奪い取られ、そのまま三木は透明の袋を睨みつけている。

「えーと、隆嗣さん？」

何かそんなに三木の機嫌を損ねるようなことをして

しまっただろうか？

　弥尋に関してはとても狭量な三木だから、あまりにもカサ袋を見つめ過ぎていたのが問題だったのだろうか？

（でも考えてたのは別のことだし）

　三木のモノでありセックスのことで、それを口に出してしまえば腹も空いているのにそのまま寝室になだれ込む羽目に陥りかねない。

　だが、そんな弥尋の上に掛けられた三木の言葉は、弥尋の想像の斜め上を行くものだった。

「弥尋君、私はこんなものだと思われているのか？」

「？　こんなもの……って？」

　三木は眉根を寄せたまま、フンとつまみ上げたままのカサ袋を顎で示した。

「私はもっとたくさん出るだろう？　これだけしか溜まらないほど貧弱じゃないぞ」

「えーと……」

　三木の言わんとしていることへの合点がいった弥尋は、乾いた笑みを浮かべた。

（確かにコンドームを連想したのは俺だけど）

　先に溜まった水滴の方に注意が向いていたとは。さすが三木。

　量だけで言えば、当然見るからに水滴の方が多いのだが、三木が訴えているのは、十中八九間違いなく長さや大きさに対する比率のことで、セックスした時に出る精子はもっとたっぷりたくさんだと主張しているのだ。

「それは……もちろんよくわかってますよ？」

　だって抱かれた時に熱い精を受けるのは弥尋なのだから。一晩でどれくらい注がれるのかは身をもって知っている。たっぷりどっぷり注がれた精液の後始末を三木がしてくれるのを、何度も見て来たのだから間違いない。

　だから気にしなくていいのに、と続けようとした弥

尋だったのだが、

「わっ！」

　いきなり抱え上げられて、足だけをもぞもぞとさせてスニーカーを玄関に落としながら、慌てて三木にしがみつく。

「隆嗣さん？」

「ちょうどいい。シャワーを浴びるついでに、私がどういうものなのか教えよう」

「え、え、あの……！　でも俺、お腹が空いてるし、材料も」

「もう冷蔵庫に入れた。それに私は弥尋を食べたい」

　耳元でそんなことを囁かれれば、弥尋とて嫌ではない。好きな相手の腕の中、食欲と性欲で並んだ天秤は、性欲の方へと緩やかに傾いて行く。

「では行こうか」

　抵抗する気がなくなった証拠に体から力の抜けた弥尋を見下ろす三木の顔に浮かんでいたのは、一種凄みを纏わせた色気。

（隆嗣さん……本気でやる気だ……）

　何をそんなに張り合っているのか知らないが。

　弥尋は考えることを放棄した。

　こうなってしまっては、もう三木は止まらないし、止められない。

　すべては三木のお気に召すままに――。


　その結果。弥尋は今、柔らかなリビングのソファにぐったりと身を横たえていた。

　シャワーを浴びながらバスルームで一回挑まれて、そのまま寝室へ場所を移して二回。

　胸を息で弾ませながら弥尋は思った。

（張り合ってもコンドームつけなきゃ意味ないのに）

　それを口にすれば、再び三木に挑まれるのは確実で、それ故弥尋は黙っていることにした。いずれ装着して

セックスした時にでも、

「量も濃度も隆嗣さんのがいいよ」

　と言ってやろうと思いながら。

　さしあたって今の弥尋に必要なのは、火照った体の休養と食欲を満たすことだった。リビングから見えるカウンターの向こうのキッチンでは、甲斐甲斐しく三木が昼食の用意をしている。

　食事を作る気力と体力を根こそぎ奪われてしまった弥尋のために、三木手作りのサンドイッチが運ばれて来るのはもう間もなくのこと。

弥尋君レベル2

「いッ……」

「ごっ、ごめんなさいっ」

　我慢しきれなかった痛みが、小さく低い声となって漏れ聞こえ、弥尋はたった今まで自分が埋めていた三木の首から慌てて顔を上げ、身を離した。

「ごめんなさい。痛かった？」

　尋ねるまでもなく痛いから声が出たのだが、訊かずにはいられなかった。

　吸い付いていた箇所を見下ろせば、やや紫がかった赤へと色が変わっている。それはそれで目的は果たせたのだが、痛がらせてしまうのは本意ではない。

「いや。急にチクッとしたからつい……ああ弥尋、責めてるわけじゃないぞ？」

　何気なしに正直に答えた三木だったが、チクッという言葉に反応して目に見えてしゅんとした弥尋に、慌てて手を伸ばし、するりと頬を撫でた。

　慰めてくれているのだなと嬉しく思う反面、たったこれだけのことがなぜ自分には出来ないのかと歯痒くも思う。

　キスマーク。

「……ちゃんと出来ると思ったのに……」

　ちゅうちゅうと吸い付くだけで出来ると安易に考えていたのに、実際は唇だけでなく舌も使って思いきり吸い上げなければならないと知ってから数ヶ月、未だに弥尋は上手にキスマークを生産することが出来ないでいた。

　何度かチャレンジしてみるものの、そのたびにつけられる側の三木に痛い思いをさせている自覚はあるのだが、やはり三木は自分のものだという所有の証として一つか二つ、出来ればもっとたくさん残したいと思うのだ。

フットライトとフロアスタンドだけにして、照明を落とした金曜の夜の夫婦の寝室にいるのは全裸の二人。寝転がる三木の横に足を揃えて座る弥尋である。

しょんぼりする弥尋を見上げ、三木は腹筋を使って上体を起こすと、自分の股の上に跨らせるようにして弥尋を座らせ、よしよしと頭を撫でた。

「ありがとう、慰めてくれて。ねえ隆嗣さん、俺、いつになったら上手につけられるようになるんだろう」

「別に無理してまでするものじゃないぞ」

この段階で、弥尋には無理だと宣言しているようなものだが、発言者の三木は勿論、落ち込んでいる弥尋も気づかない。

「俺がつけたいんです。――隆嗣さんはいっつも上手にたくさんつけてくれるのに不公平だ」

理不尽な言いがかりに、しかし三木は小さく笑った。

弥尋の体には三木がつけた情痕、キスマークがあちこちに鏤められている。週末にしか抱くことがないせいなのか、熱情は留まる事を知らず、いつもいつもい我を忘れて弥尋の体を貪ってしまう。自分の想いの深さと執着を実感する時でもある。

あますところなく、弥尋の体のあちこちに口付け、唇を落とし、舐め味わうのは夫である三木だけの特権で、腿の付け根や尻の狭間、脇や腹、背中にまで、つけられる場所すべてに所有印は及ぶ。

時々、翌日の学校のことを忘れて暴走し、シャツで隠れるか隠れないかのギリギリの場所にまでキスマークを残してしまい、頬を赤く染めた弥尋に叱られることもあるが、そこはそれ、愛ゆえの暴走だと容認してもらうのが常だった。

それに対して弥尋が持っているのが対抗心だ。初心者で、まったく性に対するイロハを知らなかった少年も、三木によって文字通り体を拓かれ開花させられ、肌を合わせることに慣れてきてからは、自分も三木に「したい」と、事あるごとにオネダリするようになって来た。

キスマークもその一つ。

もう一つ、フェラチオは――これは三木の側が絶対に保たない自信があるために禁断の技として封印させてもらった。

以前一度だけ、酔った弥尋に銜えて奉仕してもらった時の、あの甘く酔いしれる痺れを伴う快感を思い出すたび、もう一度してもらいたいものだと心揺れ惑い、誘惑されることもあるが、もしも許可して頻繁にされるようにでもなれば――。

負けるのは三木だ。

可愛い弥尋。弥尋が己の下肢に顔を埋め、砲身を銜えるのを想像するだけで射精にまで持って行けると自信を持って宣言できる三木なのだ。

しかも速射できると自信を持って言える。

勝負じゃないとわかっていても負けるのは嫌だ。弥尋にこそ、悦んでもらいたい。

ベッドの中では主導権は常に自分が持っていたい。

変なところでこだわりを持つ三木だった。


そしてそんな三木の伴侶である弥尋は、むぅと考え込んでいる。

（吸い付いて痕はつけられるけど、痛いならあんまりしない方がいいよなあ）

どうしてこんなに違うのか、コツがいるのだろうか？

それとも単に慣れの問題なのか。もしも慣れなら、

（やだな）

過去のことは過去のことだとわかってはいても、今自分を抱いている三木が、かつて他の人の肌の上にも同じように痕を残していたなどと想像するだけで嫌になる。

三木の愛情は自分の上だけにあるのだとわかり過ぎ

るくらいいつも知らされているから、疑う必要もなく、嫉妬するほどのものではないのかもしれないが、やはり経験の差は癪に障る。

だからこそ、三木は自分のだと、体に刻みつけたいと思うのに、なかなか上手く出来ずにへこんでばかり。

(俺なんかいつも気がつかないうちにたくさんつけられちゃうのにな)

触れる唇も舌も気持ちよくって、終わった後で気がつけば、たくさんつけられているキスマーク。痛みよりも、感じるのはくすぐったさと快感だけ。

(あ、もしかして)

弥尋は黒い瞳でじっと三木を見下ろした。

「どうした?」

「俺、下手? 隆嗣さん、気持ちよくない?」

三木の瞳が大きく見開かれる。

「どうしてそんなことを言い出すんだ? 気持ちよくないなんてことは全然ないぞ」

「だってキスマーク、上手につけられないから……。隆嗣さんはいつもたくさんつけてくれるでしょう? その時には覚えていられないくらいとっても気持ちよくて、痛くなんかないんだよ」

三木の口元がそれと気づかれぬよう綻んだ。

つまりそれは、三木の愛撫を喜んでいるということで、夫冥利、男冥利に尽きるというものだ。とても歓迎されるべき告白に他ならないではないか。

三木は俯く弥尋の頰を両手で挟んで上げさせ、顎の下にキスした。

「そんなことはない。弥尋君が触れていると思うだけで、いつだって限界に挑戦させられている気分になる。——今も」

ほらと、三木の手が弥尋の手を摑み、触れ会っている二人の下半身に導けば、下生えの中から緩く勃ち上がって蜜を零して濡れている三木の雄。

「あ」

触れられてピクリと脈打つその熱さに、弥尋の首元が朱に染まった。触れたまま握れば、さらにドクンと音を立てて育つそれ。

「——気持ちいい？」

「とても」

うる、と仄かに紅く染まった目元に口付けて、三木はゆっくりと弥尋の体を抱えて体勢を入れ替え、ベッドの上に横たえた。

「まだ……んっ……」

まだ触ると、取り上げられた弥尋が抗議するが、三木はそんな言葉を唇を塞ぐことで封じ込め、見下ろす少年へ言った。

「手本を見せよう」

何の？

尋ねるより先に、三木の顔が顎から首を辿り、舌が肌の上をなぞって行く。

（あ、キスマークの……）

柔らかく温かい体温と、触れられて得られる快さに、弥尋はうっとりと瞼を閉じた。

徐々に下がりながら動く三木の頭に手を添えて、髪や耳の後ろを指で梳く。犬猫ではないけれど、そうされると三木も気持ちよいのだと、弥尋もまた日々の情事の中で学んでいた。

「や、くすぐったい……っ」

「すぐに気持ちよくなる」

そんなのとっくになってる。

「隆嗣さん……っ、そんなにされたら覚えられないっ……」

キスマークのつけ方の手本を示してくれているのはわかるのだけれど、唇や舌の先端が触れただけでビリビリ走る痺れを追うのに精いっぱいで、脳は手本を覚える余裕がない。

チュッチュと音を立てて吸われ、三木の頭が移動するごとに体に咲く赤い花。弥尋の息も上がっていく。

(もう……キスマークのつけ方なんて覚えてられないよっ)

足を持ち上げられ、太腿に到達した時、内股と付け根に触れる三木の髪の毛のくすぐったさと、ますます募る甘い疼きに、弥尋は考えることの一切を放棄して、感じることのみに専念することを決めた。

そもそもなぜこんなことになったかというと、今日のLHRで行われたアンケートに理由があった。

性に関する意識調査。

高校三年生を対象に全国一斉に行われたそのアンケートが担任から配られた時の生徒たちの反応は、実に様々で、そして悲喜こもごもな表情をもたらすものだった。

回答は無記名のマークシート方式。質問用紙も回答用紙もそのまま回収、封緘を施され、集計機関の手元に集められるまで教師含め他者の目に触れることはない。しかし、だからといって簡単かと言えば、実は結構複雑な心境になったりするものだ。

担任の久木田は、生徒たちの顔を見回し、真剣な表情で言った。

「いいか、遊び半分のいい加減な回答をするんじゃないぞ。お前たちの回答を元に全国統計が出るんだからな。見栄と外聞は後回しだ。正直に答えるんだぞ」

果たしてどれくらいの生徒がそれをまともに聞いていたか。

設問を見てあからさまに表情を変える生徒が多数。声に出さなくとも、表情を見れば悩んでいるのがまるわかりの生徒も多い。

内容は現在の社会やマスメディアへの評価など社会的な事象や事柄に対する認識や意識の向かい具合を問うもので、後半がプライベートな個々の性への具体的な経験や意識を問うものだった。

精通年齢や性経験への項目に、皆が真剣な顔で鉛筆を手にする。

弥尋も真剣に設問に取り掛かった。

（キスの経験は有り。性体験も有り。それで童貞にイエス）

バックバージンは三木に捧げたけれども、これは設問にないので無視。

セックスの経験は「有り」なのに童貞にチェックしているのは同性愛者で受け身なのだから弥尋には当たり前でも、手作業で回答をチェックされれば、

「ん？」

と首を捻られるかもしれないが、たぶんおそらくきっと機械処理なので問題なし。

全部の設問に対する回答を終えた弥尋は周囲をちらと見回した。みんな何やら口元を緩めたり、深刻な顔をしたりして鉛筆を動かし、シートを塗り潰している。

（どれくらいの人がまだ未経験なんだろ？）

友人ら個々人の経験にはさほど興味はないものの、結果は知りたいな、と思う。

ＬＨＲが終わり、帰る前の教室の中は、

「お前どう答えた？」

「ちょっと見栄張ったかも」

などなど、当然ながらアンケートを話題の中心にして男子学生らしい盛り上がりを見せていた。

「ねえ鈴木、俺たちの年ってそんなに経験有りの人が多いのかな？」

近くの席の鈴木に話しかけると、思いがけない人物からの思いがけない質問に、一瞬、鈴木は目を見開いた後、ニヤリと口角を上げた。

「一概に多いとは言えないんじゃないか？　十七歳の八割がセックス経験者だって聞いたことはあるが、あてにならないだろ」

「十七歳で八割！　え、じゃあ俺って少数派なんだ

……」

ここで自分が未経験だと暴露してどうするんだと言いたげな表情で、鈴木は目を細めて苦笑いをした。

穢れを知らぬ清楚な「桜霞の君」の性経験など生々しくて想像なんかしたくないっ、と考えるのは圧倒的に後輩が多いのだろうが、なんと言っても多感なお年頃。他人の経験値は気になるというもの。ましてやその対象が、世俗からかけ離れているように見える弥尋なら耳だって必然的に大きくなる。

「だから話半分に聞いとけって。大体、ドラマやマンガ、小説じゃあるまいし、そうそう女と経験できるような出会いやきっかけが転がってるわけないだろ」

「そう？」

「部活と学校の行き帰りで疲れている汗臭くてむさ苦しい男に好んで群がるもんか。女とデートする暇なんてない。なあ」

すでに引退した元部活生の級友たちは揃って頷いた。

「ほら、俺の言った通りだろ。せいぜい一人で妄想して抜くのが関の山。進学校のうちの学校じゃ、九割がチェリーだ」

「それって新聞部の取った統計？」

だったらすごいな、どうやって調べたんだろう。

半分感心する弥尋だったが、鈴木はにやりと笑いながら首を横に振った。

「俺の脳内測定の結果だ」

「……それって確証もなにもないじゃん」

「そうとも言う。でも大幅にずれてるほどじゃないと思うぞ。五割、いや七割は絶対にチェリーだ」

「ちなみに鈴木はどっち？」

「シークレット」

「じゃあ黒川」

「教頭に花壇の世話を頼まれてたんだった」

じゃあな、と言ってそそくさと去って行く大柄な背中。

チェリーだ、やつは絶対チェリーだ。

そんな声が教室内でひそひそ囁かれる。

「黒川は童貞なんだ。カッコいいのにね」

「カッコよさとは比例しないものなんだぜ、こういうのは」

「ふうん。じゃあ遠藤は――あ、逃げた」

遠藤は黒川に話が振られた時に、次を見越してそっと教室を抜け出しており、すでにその姿は視界のどこにも見られない。

ちぇーと口を尖らせる弥尋をまあまあと宥めながら、鈴木は眼鏡の奥の瞳をきらりと光らせた。

「で、三木。お前が童貞なのはわかったとして、キスはどうなんだ？　それもまだなのか？」

「シークレット――って言いたいけど、経験済みです」

「ええっ!?」

「いつ!?」

「誰と!?」

「風間か？　芝崎か？　それとも遠藤か？」

途端に沸き起こった大声と質問の嵐に耳を塞ぎながら、弥尋は言った。

「兄ちゃんたち。幼稚園の頃、好きな人にはチュースるって教えられてした覚えがあるから」

意気込んで聞いていただけに、お約束な展開にがっくり肩を落として文句を言う級友らへ、

「ごめんね、期待させて」

と笑いながら、

（でも）

と思う。

初めて自分から求めてした恋愛感情込みのキスなら、三木としたキスが紛れもなく初めてのものだな、と。


そんなことがあって家に帰った弥尋は、三木が帰宅

するのを食事を作って待ちながら、三木の場合はどうなのだろうと考えてしまったわけである。

（訊くべきか訊かざるべきか、そこが問題だ）

　夫婦だからと言ってすべてを共有できるのでも、すべてを知り尽くしておかねばならないわけじゃないのは当たり前。

　過去、三木が誰とも寝ていないなんてことはまずないだろうから、弥尋だって割り切ってはいるのだ。

（初心者があんなに上手いわけないんだから）

　それこそ初心者の弥尋に上手下手がはっきりわかるわけではないが、それでも何となくわかることはある。

（潤滑油とかの準備だって万端だったし、服を脱がせるのも手慣れてた気がする。俺はぼーっとしててあんまり覚えてないけどっ）

　それにコンドームのつけ方だって手慣れている。あのクルクルの素早さは、一朝一夕で会得できるものではない――。


　男は弥尋が初めてなのは本当だろう。過去の関係を根ほり葉ほり聞くほど弥尋だって子供じゃない。

　しかし、面白（おもしろ）くないのもまた確か。普段はまるっきり気にならないことでも、一度気にしてしまえば、この嫉妬という感情は収めてしまうのは難しい。

　ならば収めるのではなく、他の方法で三木が自分のだと再確認すればよいのだ。


　というわけで、食事を終えて風呂に入った後から、三木がバスルームから出て来るのを今か今かと待っていた弥尋は、キスマークをつけるところから始めようと、寝室に入るなり、ムードもへったくれも何もなく、いきなり三木の体をベッドへ押し倒し、着たばかりの寝巻を脱がせて圧（の）し掛かったのである。

　――結果は語るまでもなく惨敗だったのだが。

「俺だって隆嗣さんを気持ちよくさせたいのに、いっつもさせてくれないんだもの」

結局、キスマークをつけるどころか、三木の太い楔に貫かれ、美味しくいただかれてしまった。

甲斐甲斐しく後始末された後、ベッドの中に裸で寝そべったまま弥尋は、三木へ苦情を申し立てた。

途中、挿入される前に、三木のを口でしたいと言ったのに、

「駄目だ」

の一言で却下されてもいる。

「キスマークは下手かもしれないけど、口だったら少しは大丈夫だと思う」

それなのに却下。

途中、口を開けて銜えたままでいることに疲れてしまった弥尋に、ついうっかり噛まれるかもしれないとでも思って心配しているのだろうか？

（そりゃあ隆嗣さんが俺のを銜える方が楽なんだろうけど）

サイズが違うのだからしょうがない。

ならば、今度——おそらく明日の夜は舐めるくらいはさせてくれるよう、頼んでみよう。

「眠るか？」

「うん」

未練から、ぬくぬくと抱き寄せる腕に「ちゅう」と吸い付くが、固い腕に痕はつきそうにない。ならばと噛みつけば、少し頭の上で三木が苦笑した気配がする。

「美味いか？」

「——ちょっとしょっぱい。でも隆嗣さんの味がする」

キスマークをつけられないのなら、歯型くらいなら許されるだろうか？

ちょっと痛い思いをさせるかもしれないが、肩か腕に——。

しかし、再トライを決めた明晩、

「今度は隆嗣さんのいないとこで練習しないと……」

弥尋君、未だ初心者レベルからの脱出ならず。


「隆嗣さんの、舐めさせて」

というお願いは、予想通り無下にも却下されてしまった。


「弥尋君、何をしてるんだ？」

「んー、練習」

下手だから舐めさせてくれないのなら、特訓あるのみ。

だが練習台になるものなどはないのだから、手近なもので済ませるより仕方ない。それで弥尋が選んだのは棒付きアイス。

しかし、ここにも誤算があった。

「弥尋……」

ちらりと覗く赤い舌に、煽情を催され、耐えられなくなった三木にアイス――ミルク味を奪われて、美味しくいただかれてしまったのはお約束。

初顔合わせ

「弥尋（やひろ）、これ、この洋服で本当に大丈夫かしら？　場違いとか、マナー違反とかだったらどうしよう？　真珠のネックレスをつけた方がいいかしら」

「なあ志津兄（しづにい）、ネクタイってこの結び方でよかったか？　首が絞めつけられて窮屈なんだけど」

「母さん、靴のクリーナーどこに置いたか覚えてるか？」

三木（みき）弥尋の実家、本川（ほんかわ）家はただいま混乱の最中にあった。その理由はずばり、三木・本川両家の家族の顔合わせがようやく……そう、ようやく！　実現する日がやって来たからだ。

　四月の頭に三木と弥尋が入籍してから二ヶ月半、今は六月も半ばを過ぎた。三木と本川の家族はよく会っているし、弥尋の方も三木の家族とはそれはもう親しくさせて貰っているため、今更改めて場を設ける必要はないんじゃないだろうかと思わないこともないのだが、

「万一があった時の事を考えれば、どちらにもすぐに連絡がつけられるよう、そしてお互いの家族がすぐに意思の疎通を図れるようにするためにも顔合わせはした方がいいと思う」

　と真面目な表情で三木が言ったからだ。

　――弥尋君に何かがあった時に速やかに情報を共有するためだ。

　まるで今後も自分がトラブルに巻き込まれるのを見越しているかのような含みのある言い方に物申したくあった弥尋だが、

「絶対にない」

　と言い切れないのが辛いところ。

　幸いなことに、四月に三木の甥千早（ちはや）の誘拐騒動に巻き込まれて以降は何もない普通の毎日を送っているの

だが、心配性の三木は事が起きてから後悔するよりも、転ばぬ先の杖を用意しておきたいらしい。出来るだけ頑丈な杖を何本も用意したいというところに、三木の過保護っぷりが見えて来る。

一歩間違えば命に関わる事件もあっただけに、弥尋は三木が望むようにしたいとは思っていて、今回の両家の顔合わせも、一般的な縁戚になった家族同士「仲良くしましょうね」よりは、顔つなぎの意味が大きくなったのも仕方ないことではあった。

とはいうものの、周りを取り囲む環境がまるで違う二つの家族が縁あって姻戚になるのだ。仲良くお付き合いをしたいというのも、弥尋や三木の本音でもある。

実際に、三木の家族に可愛がられている自覚のある弥尋は、大企業の人でも普通の家族と変わらないのを知ってしまっているので、実家に対する欲目ではないけれども、善良な一般人である本川の家族とも気が合うと思っている。

そして双方の日程をすり合わせた六月下旬の土曜日を両家の顔合わせの日と決めたわけである。双方のどちらからも絶対に大安吉日じゃなければならないという意見が出なかったのは僥倖だった。

弥尋以外は社会人で社会に出て働いている大人ばかり。早々簡単に都合をつけられるはずもない。企業の経営者である三木側は好きに休みを設定できるのではないかと思うだろうが、そんなことはなく、取引先との会合やら何やらで平日もスケジュールが詰まり、何とか捻出できたのが土日。つまりは普通の人と同じ休みの取り方しかできないのだ。

それすらも「お付き合い」などで潰れることが多いとなると、

(社長さんやお金持ちだからってそこまで自由ってわけじゃないんだね)

というように弥尋が世知辛い現実を知ったりもした。

そういうわけで必然的に候補に挙がったのは土日で、

本川の家族も都合を合わせやすかった。長兄と父親は元から休みだし、母親はパートのシフトを変えて貰うだけでよかった。

　問題は次兄の実則で、最悪、実則は参加できないのを前提に計画を立てていた弥尋と三木である。スポーツジムのインストラクターとして勤務している実則には一応勤務シフトは存在する。だが、そのシフト自体が当てにならないことが多々あり、そのせいで幾度実則が涙を呑んだことか。

　ジム側としても無下にできない顧客——有名アイドルの突発的な御指名はこれまでも悉く実則から弥尋に会う時間を奪ってきたため、今回もおそらくそうなるだろうと誰もが諦観というよりも達観していた。

　しかし、弥尋の新居引越しの時に高級料亭悠翠から届けられた「ひつまぶし」を食べ損ねた実則は、今回は見事に休みを勝ち取って見せた。

「弥尋！　俺も行くからな！」

　料理の用意の都合上、参加の可否の返答期限ギリギリになって電話をかけて来た次兄の声は弾んでいた。ハァハァと荒い息が聞こえて来た時は、一瞬通話を切ろうかなと思ってしまったことは内緒である。

「兄ちゃん、大丈夫なの？　いつものアイドルさんからの指名がいきなり入ったりしない？」

「ない。それはない。向こうに予定を入れられる前にはっきり言ってやったからな。この日の予定は絶対に外せない。無理矢理予約を入れるなら俺はココを辞めてやるってな」

　ココ、つまりは勤務先の皇スポーツクラブを辞めると啖呵を切った実則を止められる者は誰もいなかった。その啖呵が功を奏したのか、今回に限りアイドルの方に元から予約をねじ込む予定がなかったのか知らないが、晴れて実則は有休をもぎ取り、両家の顔合わせに参加できる流れとなったわけである。

「兄ちゃん……頑張ったんだねえ」

「へへ、よせやい。お前に関する行事に兄の俺が行くのは当然だろう?」

「兄ちゃん、そんなにまで俺のことを……」

「弟よ」

なんていう茶番が電話越しに繰り広げられたりしたものの、無事に当日を迎えることが出来てホッとしたのは確かだ。

しかし、本当にバタバタしたのは当日の朝だった。

当初、顔合わせの場所は高級料亭悠翠かホテルの個室にしようかという話だったのだが、三木の兄と弟の子供たちも参加ということで、まだ小さい子供たちが慣れた三木の実家が顔合わせの場所に設定されていた。

それに慌てたのは本川の家族で、所謂「お宅訪問」の方が高級料亭や高級ホテルよりも敷居を高く感じたらしい。

特に母の混乱が激しかった。

「だってお金持ちのお家なのよ? どんな格好で行けばいいかわかんないじゃないの。お父さんや志津や実則はスーツでいいけど、お母さん、何を着て行けばいいのか全然わかんない」

総菜屋のパートにはジーンズなどの動きやすい服装で出勤している母は、数少ないお出かけ用の服を引っ張り出して、直前まで着せ替えをやっていた。

実際に、前日の朝に母親からのヘルプコールを受けた弥尋は学校帰りに実家に寄って替えのお手伝いもしている。

「料理を食べてお喋りするのが目的だから、畏(かしこ)まった服装じゃなくていいって言ってたよ。せっかく美味しい食事を用意するのに洋服がきつくて食べられない方が悲しいって」

これは実際に三木の母馨子(かおるこ)が弥尋に伝えた言葉である。普段着でお越しくださいと言っても言葉通りに受け取りはしないだろうから、食事をメインに考えた楽な服装を選んで欲しいというアドバイスのようなものである。

「――弥尋はどんな服を着ていくの？　スーツ？」

「ううん。普通の服。普段着。どっちかって言うとカジュアルな感じ？　隆嗣さんの妹の芽衣子さんが送ってくれた長袖シャツとズボン」

「長袖シャツとズボンって……あんた、そんなんじゃ全然わかんないでしょ。襟があるとか色とか形とかもっと説明のしようがあるでしょうが」

「そんなこと言われても俺も詳しくないし……あっ、画像検索してみる」

　スマホの画面に映る似たスタイルの服を見せられた母笑子は「本当にカジュアルなのね……」と納得しつつも、納得しきれないという矛盾が具現化した表情をしていた。

「だからそう言ったよね、カジュアルだって」

　芽衣子の夫が経営しているアパレルメーカーが扱っている商品だから高額商品ではあるのだが、見た目は完全に遊びに行く時に着るような服で、気取ったところは何もない。派手な色遣いをしているわけでなく、シンプルだからこそ着る人を選ぶところはある。しかし、だからこそ弥尋のように元の素材がよい少年が着れば、普段着もオシャレ着に早変わりというわけだ。

「カッチリしたスーツは着ない方がいいと思う。もうゴムのスカートとかズボンでいいんじゃない？　上に何か着てたらバレないんだし」

「弥尋あんた、実の母親を何だと思ってるのよ」

「他意はないんだって。本当に」

「ちょっと真剣に選んでよ。お母さんが変な格好で三木さんの家族に笑われたら恥ずかしいのはあんたもだからね」

「笑ったりしないから大丈夫だよ。俺が保証する」

「ぜんっぜん安心出来ない！　もうっ、本当に真剣に考えてよ！」

「俺真剣なのに。早く帰ってご飯作りたいのに」

「ご飯ならうちのを持って帰りなさい。それか三木さんも誘えばいいのよ。そうだ、そうしよう！　そうして三木さんに着る服を選んで貰いましょう！」

そうしようそうしようと強引に事を進めた母のおかげでその日の夕飯は三木も弥尋も本川家で食べることになり、義息子の審美眼とファッションセンスに謎の信頼を寄せる母親は三木に服を選んで貰って何とか納得して貰うことが出来た。

下手をすれば一晩中でも着せ替えに付き合わされそうな気配がプンプンしていたため、三木隆嗣様様だと帰宅した父親や兄たちに揃って感謝された。

そして迎えた当日の朝は、やっぱりバタバタしていた。

前日にしっかりと準備まで済ませていたはずなのだが、弥尋が迎えに来た時には着替えこそ済ませていたものの、最終確認の時点で自信がなくなったのか、長兄以外はお互いに「これでいい？　本当にいい？」と無駄に確認し合っている最中で、

「ほらね、言ったでしょ。早めに迎えに行った方がいいよって」

弥尋を呆れさせ、三木には苦笑された。

「気を負う必要はないんだがなあ」

「気持ちはわかるよ。俺だって初めて隆嗣さんの家族にお会いする日は緊張したし、この間のパーティだって俺が知ってるのとは規模も何もかも違ってて驚いたし」

良く言えば念を入れて会席の場に臨みたい。庶民とお金持ちということだけでなく、嫁いだ息子の義家族に会うという一大ミッションなのが、両親には多大な負荷を与えているのは理解出来る。

ただ、既に三木の家族と親しくさせて貰っている弥尋から見れば空回りと言えないこともなく、それを本川の両親に伝えたところで気休めにもならないのは何となくわかるので、今の状態は顔合わせをする際の通

過儀礼の一つなのだと思うことにしている。

「母さんは最初に選んでいたネックレスが派手じゃなくていいよ。父さん、靴は昨日磨いていたのを出しているからそれを履いて。実則も革靴出してるからそれを履くんだぞ。間違ってもスニーカーを履くなよ」

テキパキと指示をする長兄の心強さよ。

運転手だが社長に同伴して秘書のような仕事をすることもある志津の方はさすがというべきか、手慣れていた。家族のあしらいも慣れていた。

「靴はわかってるけど、ネクタイが」

「それは後で結んでやる。どうせ今結んだって行くまでの間に苦しいときついとか文句を言って緩めるだろう」

「……図星過ぎて何も言えない」

「ほら、父さんも実則も母さんも、用意が出来たら外に出る。ああ弥尋、ついでに台所のガスが消えているか確認してくれ」

「イエッサー」

母親にバッグを持たせて玄関に押し出した弥尋は台所の火元を確認し、ついでに居間のテレビが消えているかをチェックした。

「兄ちゃん、全部大丈夫だった」

「ありがとう。よし、忘れ物はないな。全員、鞄と財布とハンカチとティッシュと鍵は持っているか確認」

志津の声に父母実則の三人は鞄やポケットを手で探り、抜かりがないことを確認した。

三人を玄関に押し出して、最後に志津が鍵をかける。後は車に乗って白金にある三木の実家に向かうだけだ。

「父さんと母さんと実則兄ちゃんは俺たちの車に乗って。志津兄ちゃんは」

「俺はうちの車で行く。三木さん、車は止められるスペースがあるんですよね」

「はい。車二台で行くからと伝え済みでスペースも確保しています」

「大丈夫？　沢井さんたちも車で来るんでしょう？　うちも一台の方がよくない？」

「博嗣たちはじいさんたちの車で一緒に来るとも言っていたし、駐車する場所は幾らでもあるから気にしないでいい」

「そう？　それならいいけど」

　家の前の道路は狭いため近所のコインパーキングに停めていた車を三木が取りに行き、戻って来た時の家族の感想や歓声はここでは割愛しておく。

　無駄に騒いで煩かった次兄がどうしても助手席に乗りたいと言い張ったので仕方なく場所を譲り、弥尋は運転席の真後ろを確保、隣に座る両親は広い車内と高い視点に大喜びだったので、こだわり抜いて新車を得選んだ甲斐は存分にあり、弥尋を満足させるのだった。

　三木の新車は本来なら志津も含めて乗れる定員なのだが、帰りまで三木と弥尋の世話になるのも悪いと本川家からも車を一台出すことになっていた。

　だが弥尋は知っている。

（お酒を出されても絶対に飲まないで済む理由を先に作っておくなんて、さすが兄ちゃん、策士だ）

　主役の一人の弥尋が飲酒年齢に達してないことと、幼児も参加する昼食会だ。お昼ご飯をご一緒しましょうという集まりなので、夜の飲み会や正月の親戚の集まりみたいな飲酒メインにはならないとは思っているが、万一を考えたら備えは必要だ。

「それじゃあ隆嗣さんの実家に向かって出発！」

　弥尋の合図で三木運転の車が緩やかに動き出す。

　長兄が運転する車は自宅から少し離れたば月極駐車場を借りているため、少し遅れて後をついて来ることになるが、住所はナビゲーションシステムに入力済みなので赤信号停車などで離れてしまったとしても、迷う心配はない。

「志津兄ちゃんなら早く行ける道を知ってそうだから、先についちゃったりするかも」

「志津君なら十分あり得そうだ」

運転席に後ろから抱き着いて弥尋が言えば、同意見だと三木も笑う。職業運転手の志津なので、渋滞予測をしながらナビに表示される道とは違うルートを通ることも十分にあり得る話なのだ。

「それより、お義母さんたち、乗り心地はどうですか？」

後ろの席の両親は揃って笑顔を見せた。

「思っていたよりも足がゆっくり延ばせるから楽よ」

「こう、なんていうか座り心地がいい。三木さんから譲って貰った車も乗り心地はいいんだけど、それとは違った感じかなあ」

三木が四月の初めまで乗っていたセダンタイプの乗用車は、今は本川家の車として使われている。これまで父親と共同で自家用車を使っていた志津が買い取った形になっているが、偶に父も運転することがあるらしく、乗り心地の良さは十分承知済みだ。むしろ、

「父さんの車と交換しない？」

と事あるごとに持ち掛けているとか。

（高級車と大衆車だもん、そりゃあ乗り心地は違うと思うよ）

両親と息子三人。息子たちが小さな頃は余裕で乗れていた後席も、弥尋の兄二人が大きく育った今となっては二人並んで座るのもギリギリだ。兄たちが就職したのもあるが、家族揃って車で出かけなくなって久しい。

「なんだか弥尋、御機嫌ね」

「うん。なんかみんなで車に乗って出かけるのがすごく久しぶりだと思ったら楽しくなって」

「言われてみれば確かに」

正月やお盆に親戚の家に揃って出かけることはあるが、予定が変則的な実則は後から合流のパターンが多く、今日のように一緒の車に乗ることも稀だった。

「実則みたいにデカいのが乗ると車のパワーも落ちる

からなあ。この車くらい大きかったら全然平気なんだろうけど」

　出掛ける前の緊張はどこへやら、すっかり座席で寛いでいる父は前の席に座る二男を小突く。

「そう言えば実則兄ちゃんも運転免許は持ってるんだよね。俺、兄ちゃんが運転してるの見たことないよ」

「うちの車は基本的に運転しないからな。免許取りたての頃には何度か乗ってるし、志津兄にいろいろ教えて貰ってたりしてたんだぞ」

「それ覚えてないよ」

「弥尋がちびだった頃だし、初心者マークが取れるまでは弥尋を乗せるの禁止されてたんだよ」

　仮に実則が十九歳で免許を取ったとして、その時の弥尋はまだ小学生。安全安心のため乗せなかったのはわからなくもない。

「じゃあ今は？　今はペーパードライバー？」

「ンなわけあるか。職場や出先で色々乗ることもあるんだよ」

　車に乗せられて連れ回されることの方が多いけどな……というぼやきもついでに聞こえた。

　家から職場まではバスや電車を乗り継いでいる実則だが、基本は自転車だ。公共交通機関のあの混雑が耐えられないらしく、よほど天気の悪い日でない限り自転車で職場まで通っている。肉体に自信のある体育会系の実則だからこそできることだ。

「じゃあこの車も運転できるってこと？」

　弥尋に尋ねられ、実則は顔を左右に動かして車の大きさを確認した後、「いや」と顔を横に振った。

「運転は出来るだろうけど慣れるまでに時間掛かりそうだ。志津兄なら楽勝なんだろうけどな」

「でも慣れたら出来るんだよね」

「そりゃあ出来るけど。なんだ、弥尋。俺にこの車を運転して欲しいのか？」

　弥尋はニヤニヤと後ろを振り向く兄の頬に指を突き

刺した。

「んー、もしも車に乗って遠くまでドライブすることがあったら隆嗣さんの代わりに運転する人がいればいいなあって思ったから。代わりが出来る人が多ければ多いほど負担が減るでしょ。隆嗣さんと志津兄ちゃんがメインドライバーとして、控えに実則兄ちゃんと父さんがいれば一応は安心かなあって思ったんだ」

「……弥尋、それは父さんは当てにされているって思っていいのか？」

「俺も同じこと思った。もしかして俺と父さんは数合わせか？　とりあえず補欠を入れておこうくらいの、とっても軽い役目じゃないのか？」

「だって志津兄ちゃんいるからね。志津兄ちゃんと隆嗣さんがいるだけで安心感が違うし。高速道路は二人に任せて、対向車線がない一本道とかは実則兄ちゃんと父さんでもいいかなって思ったんだ」

弥尋的には、自分たちの命を預けるには信頼のおける運転手が複数いるのが望ましく、運転しなくていいけど一応、もしかしたら運転するかもしれないくらいの心積もりでいてね！　くらいの気持ちである。

「……俺、今度から車で通勤しようかな」

などとブツブツ言い出した実則は置いておくとして、

「弥尋弥尋、もしかして車でどこかにドライブ行く予定あるの？　志津が運転するのが前提みたいな話だったけど」

それまで黙って聞いていた母親がどことなく期待するような顔で話し掛けて来たので、弥尋は頷いた。

「うん。車でどこか遠くまで出かけられたらいいなあって思って。そのために、みんなで乗れるように大きな車にしたんだから使わないと勿体ないし。俺が運転するわけじゃないから、隆嗣さんには負担になるけど」

「運転するのは好きだから別に負担にはならないよ。たぶん、志津君も同じことを言うんじゃないかな」

弥尋の家族を乗せているため、常以上に慎重な運転を心がけている三木は弥尋が口にした長距離ドライブの話は車を買う時から考えていたのだと両親や実則に伝えた。

「ドライブだけでもいいですし、長距離になるなら逆に泊りがけで出掛けるのもいいと思っています。私だけでも十分ですが、志津君がいれば心強い。勿論、みなさんの都合がつけばという但し書きがつくので、今すぐというわけでもないのですが」

両親は顔を見合わせ、ぱあっと笑顔になった。そして声を揃えて言う。

「行きたい！」

思った通りの反応に、弥尋と三木はバックミラー越しに目を合わせて笑った。

「本命はね別にあるんだけど、そっちはもう少し決めてから話すね。で、本命の前にこの車で近くの温泉に行こうって話してたんだ」

「温泉！　いいじゃない」

「温泉かあ。近場ならのんびりできるな。一泊するなら運転する三木さんや志津もゆっくりできるだろうし、いいんじゃないか」

「だよね。俺もそう思う」

「弥尋、お前って本当にいい子に育ったなあ」

「本当にねえ。早くにお嫁に行っちゃったけど、こんなにお父さんやお母さんのことも考えてくれて」

目元に指をあてて泣き真似をしながら母親がチラチラと視線を送る先は助手席の実則だ。

「悪かったな、甲斐性のない息子で」

「言われちゃったねえ、実則兄ちゃん」

「俺だってなあ、親孝行できるもんならしたいんだよ。けど時間泥棒がいるせいで……」

後はいつもの我儘クソアイドルへの罵倒だ。

「まあいいじゃないか。実則がいろいろ出掛けるおかげで土産（みやげ）物も貰えるんだし」

「それは言えてる！　兄ちゃんから貰った変な置物と

かキーホルダーとか旗とかいっぱい溜まってるし」

最初の頃は銘菓などを買って来ていた実則だが、そのうち面倒になったのか嵩張る物を避けるようになり、土産物屋には必ずあるものに変わっていった。国内の場合、ご当地キャラも土産物として定番だ。

「土産物の定番なんだからいいんだよ」

開き直った実則を揶揄いつつ、時折三木も交えて談笑している間に車はいつの間にか三木の実家に到着していた。

「ここが三木さんの実家……」

「予想通りというか、予想を超えて来たというか……」

「庶民の想像力の限界を知った……」

複数台を余裕で停められる広さのあるカーポートで車を降りた本川家の三人は、道中で緩和された緊張が再び顔を出したのか、身を寄せ合ってブルブルしている。

(三木さんちで驚いてたら、おじい様のお屋敷を見たら腰抜かすんじゃないかな)

弥尋も最初はそうだった。運転手付きの高級車に、中まで乗り入れる車と広い庭園。そちらを先に見ていれば、そして三木屋の社長という三木の父清蔵の役職を知っていれば、こちらの家は逆にちょっと大きい普通の家という認識に落ち着くのだが。

まだ中に入ってもいないのに家族が驚いている間に、志津が運転する車がスーッと三木の隣に停車した。一度も切り返しをすることなく一発で駐車を決めるのはさすがプロである。

「じゃあ行きましょうか」

志津が車から降りるのを待って三木が先導して歩き出す。

「ほら母さん、行こう」

志津と弥尋に背中を押されて母親が歩き出し、隣を父親、少し離れて実則が続く。ほどなくして着いた正門は開かれていて、アプローチから続く玄関も見えていた。

「良かった……」

「何が？」

「池や噴水がある大きなお庭を想像していたから……」

母親の台詞に弥尋は小さく笑った。

「お庭は広いけど普通だよ。やろうと思えばバスケットボールくらいは出来そうだけど」

木が植えられ花壇もあるが庭のほとんどは芝生や砂地で、ブランコが置かれているのが目立つくらいだ。

「小さな子がいるの？」

「うん。隆嗣さんのお兄さんの子供。まだ五歳でちっちゃいんだよ。それから弟さんの子供もいるし、今はアメリカに行ってていないけど妹の芽衣子さんの子供たちもいるんだ」

弥尋はまだ見たことがないが、他にも商業施設のキッズスペースのように子供たちが思い切り遊べる部屋もあるらしい。

「ガーデンパーティーも出来そうじゃない」

「バーベキューをしてもこれくらい庭が広かったら苦情も出にくいだろうなあ」

三木の実家も広いが隣もまた広いのだ。一軒一軒の距離があれば多少どころかかなり緩和されていそうだ。

もっとも、三木の家族が騒々しく騒ぐ姿がまるで想像できないので、庭はあくまでも庭としての顔しかなさそうだ。

玄関を目の前にして立ち止まると、母親はもう一度自分の姿を確認した。薄手の淡いグリーンのサマーセーターに黒いワイドパンツ、小さなペンダントトップが付いたネックレス。手には小さな白いバッグ。

「おかしいところはないよね？」

息子三人は揃って頷いた。

「全然おかしくないよ」

「いつもより若く見える気がする」

「化粧した顔、久しぶりに見た気がする」

「失礼なっ。いつも化粧してるわよっ」

最後の実則の発言には腹に一発拳を入れる余裕があるのだから、母親自身が思っているより大丈夫だろう。

そんな家族を微笑ましく眺めながら、弥尋はクイと三木の袖を引いた。

「ねえ隆嗣さん」

「ん？　どうした？」

玄関ドアの取っ手に手を掛けていた三木に、弥尋はこっそりと耳打ちした。

「あのさ、ドアが開いたらクラッカーでお出迎えなんてことはないよね？」

一瞬きょとんとした三木はすぐに弥尋の懸念に思い至ったのか、

「ああ」

と溜め息をつきながら頷いた。

「たぶん大丈夫だ」

「たぶん!?」

「あの時は弥尋君が初めて来る日だったから浮かれていただけで、他の客に対してはしないはずだ。いくら父でもそれくらいの分別は持ち合わせている、と思う」

「それは本当に大丈夫と思っててもいいの？」

宙を睨むように目線を上に上げた三木は、一つ頷くと握った取っ手を摑むとゆっくりと扉を開いた。

「何をしてるんだ？」

「しっ、黙ってて実則兄ちゃん。今大事なところなんだから」

仕掛けの有無を三木が確認しているところなのだ。

隙間からこっそりと中を覗いていた三木は、やがて顔だけ中に突っ込んでからすぐに外に引き戻すと、ゆっくりと玄関扉を全開にした。

そして片手で扉を開いて抑えたまま、本川一家に向かって優雅に一礼した。

「ようこそ、三木家へ。どうぞ中へお入りください」

中へと促す動きの滑らかな事と言ったら！

漆黒の燕尾服を着て白い手袋をした三木の姿が目に浮かぶ。

(隆嗣さん、かっこよすぎ……)

執事で紳士な三木に弥尋が惚れ直したのは言うまでもない。


「やひろくん」

弥尋たちと緊張でカチコチの本川一家を迎えてくれたのは幼児だった。

弥尋を見て満面の笑みを見せた優斗は、見たことのない大人四人の姿にはっと顔を強張らせたが、泣き叫ぶことなく一緒に玄関まで出迎えに出て来た父親である雅嗣の足にしがみ付き、ちらちらと弥尋の様子を窺っていた。

人見知りが強い優斗なので知らない人は怖いが、大好きなヤヒロクンがいるので健気にも頑張っているのだ。何しろ、優斗には大事なお役目が任されていたので。

「ほら、優斗。弥尋君が来たら何て言うんだった?」

雅嗣に頭を撫でながら促され、父親の足に埋めていた顔を上げた優斗は一度じっくりと弥尋の顔を見て、もじもじと掴んでいたズボンに皺を作った後、

「きょうはようこそいらっしゃいました。どうぞおあがりください」

ゆっくりと思い出しながら、一言一言を紡いだ。そして言い終えるとすぐにまた雅嗣のズボンに顔を埋める。

稚い幼児の愛らしい声と仕種はその場にいた全員の心を打ち抜くのに十分な威力があった。

(優斗君、可愛い! がんばったね!)

弥尋は叫びたい気持ちを押し殺し、上がり框の前でしゃがんで優斗と目線を合わせて微笑んだ。

「優斗君、お出迎えありがとう」

「がんばってれんしゅうしたよ」

「うん、とっても上手に言えてた」

うふふとはにかんだ優斗は照れて、また雅嗣にしがみついてしまった。

「こんにちは雅嗣さん。お出迎えありがとうございます」

「僕は優斗の付き添いだよ。それより弥尋君、そちらの皆様が？」

「はい。僕の家族です」

弥尋に促され、優斗の愛くるしさに感動していた面々は慌てて玄関の中に並んだ。本川家の狭い玄関と違い、成人四人が並んで立っても余裕のある広さは素直に羨ましい。

「真ん中が父と母、それから右端が長兄の志津で、左が次兄の実則です」

「お招きありがとうございます」

名前を紹介されながら頭を下げる本川家一同に、雅嗣は軽やかに笑いかけた。

「そんなに緊張なさらないでください。今日は縁続きになった二つの家族の顔合わせの席なので、気を楽にしていただいた方が招待したこちらとしてもありがたいです。自己紹介は中に上がってからでいいですよ。首を長くして待っているのが複数人いますからね」

さあどうぞ上がってくださいと促されるまま、志津から順に靴を脱ぎ、最後に実則がスリッパを履いた後で弥尋と三木もあがり、優斗と手を繋いだ雅嗣が奥の部屋へと案内に立つ。

「食事会するって話だけで何も聞いてなかったけど、ダイニング？　それとも居間の方？」

三木家は食事を作る広い台所と、食事を摂る食堂――ダイニングが隣り合わせではあるが別の部屋として設けられている。

また庭に面している居間も広く、大きなテーブルを複数台置いても十分に余裕があり、ちょっとしたパーティを開くのにも便利だ。

「人数が多いから居間の方だと聞いている」

「テーブルは足りるの？」

「会食ではあるが、最初に椅子に座って挨拶をした後はテーブルに並べた食事を各自取る立食形式にすると言っていたから、特に問題はないみたいだぞ」

「俺、手伝わなくてよかったのかな？　この間、お義母さんから次は手伝ってちょうだいって言われていたんだけど」

「その〝次〟に今回の会食は含まれないと思うぞ。母の中では弥尋君も含めて招かれる側に入っているはずだし、手伝わされるのはどちらかというと私じゃないかな」

「隆嗣さん一人で手が足りるかな」

「博嗣（ひろつぐ）もいるし、兄もいる。料理を出すだけなら誰でも出来るから平気だろう」

「じゃあ、むしろ作る時に手が欲しかったんじゃない？」

「そっちも気にしないでいい。料理をするのは母の趣味でもあるし、仕事でもあるからね。それに通いの家政婦さんもいる」

「へえ、家政婦さんがいるんだね。俺は会ったことないよね？」

　前に来た時には三木の家族だけで、他に誰か人がいた気配はしなかったはずだ。それを思い出しながら弥尋は尋ねた。

「週に二回の契約で二人に来て貰っているんだ。基本は吉祥寺（きちじょうじ）のおじいさんのところで働いている人たちでね、長く通っている人だから信頼も置けるし、何より優斗が怖がらない。こういう時には臨時で手伝いにも来てくれるんだ」

「二人？」

「そう。言葉にすると区別しにくいんだが、家政婦さんと家政夫さん、女性と男性だ」

普段の家事は母親が行いつつ、時間に余裕がある時には雅嗣が手伝うという形をとっているが、それだけでは広い屋敷の手が回らないこともあり、清掃などで手を借りているらしい。

以前は常勤の家政婦さんがいたらしいのだが、年齢を理由に辞めてからはあえて新しい人を雇い入れることなく、家族だけで回している。

「隆嗣さんも実家にいた時にはお手伝いしてたの？」

「出来る範囲で。弥尋君じゃないが、お掃除ロボットの優秀さは私もよく知っている」

「この家にあるの？　見たい！」

「一階と二階に一台ずつあるから、後で見に行こうか。客が着ている時には動いていないから寝ているが」

「それでも実物があるなら見たい。たぶん母さんも見たがると思うから一緒でいい？」

「もちろん。弥尋君もお義母さんも家電が好きだからな」

「便利なものは大好きです」

足を止めて話をしている間に、他の家族は居間へ入ったらしく、廊下に姿は見えなかった。二人で話をしているうちにいつの間にか足を止めてしまっていたらしい。

「隆嗣、弥尋君」

入り口から顔だけ出した雅嗣がおいでおいでと手招きする。足元では相変わらず足に抱き着いたまま、優斗も真似っ子で手招きだ。

「やひろくん、やひろくん」

「はあい、今行きます」

「主役が遅れたらダメだろう？　お母さんたちが心細そうにしているよ」

「あ」

それは大変だと弥尋は三木を置いて駆け出した。

そして飛び込んだ居間の様子に目を丸くする。

「ええっ、これどこのパーティー会場！」

部屋の中は以前に訪れた時とは一変していた。まさにパーティー会場の様相を呈していたのである。

以前に弥尋が来た時に使ったテーブルがドンと部屋の真ん中にあり、その左右には大小のテーブル。二つのテーブルの上には大皿に置かれた料理がいくつも並び、今すぐ食べて！　と言わんばかりに出来立ての香りを放っている。定番の唐揚げやウィンナー、シュウマイなどのおつまみにもなる品に、サラダや揚げ物、煮物にお寿司など、弥尋が見たこともない料理もあって、和風洋風中華選り取り見取りだ。

少し離れた窓際には周りをクッションで敷き詰められたローテーブルが置かれ、そこにも料理やデザートが並んでいた。

ソファの前のローテーブルには何も置かれていないが、好きな飲み物や食べ物を持って来て置けるようにとの配慮だろう。


「すごい、これ全部お義母さんが？」

「私だけじゃなくて、妻木さんと岡島さんも手伝ってくれたのよ」

「お義母さん、私もお手伝いしたのを忘れてますよ」

笑いながら三木の母親馨子の横に並んだのは博嗣の妻沢井明美で、シャツにワイドパンツというヘアサロンで会う時と同じ格好をしていた。

察するに妻木さんと岡島さんというのが三木が言っていた家政婦と家政夫なのだろう。

「こんにちは弥尋君。シュウマイを焼いたのは私だから、食べる時には私の顔を思い出してね」

「焼くだけなら優斗にだって出来るわよ。弥尋君、博嗣と沢井さんのところの紘務と朱里がタコ焼きを作ってくれたから是非食べてやってちょうだい」

「私のシュウマイもよろしくね」

軽くあしらわれてもにこやかな沢井は、義母と良好な関係を築けているようで安心する。ヒロムとアカリというのは沢井と博嗣の間に生まれた双子でまだ六歳くらいだったはずだが、タコ焼きを作れるだけの技量があるとは驚きだ——と思っていたら、タコ焼き器に流しいれたタネをひっくり返す役を仰せつかっていたらしい。お役目を終えた双子は会食が始まるまでの間、玩具部屋——キッズルームで遊んでいるらしい。

優斗も従兄弟たちと一緒に遊んでいたのだが、弥尋たちが到着したのを聞いてお迎えの言葉のために出て来てくれたのだとか。

「全員揃ったようだから始めようか」

雅嗣の言葉に頷きつつ、弥尋は「あれ？」と思った。本川の家族には三木が付いていてくれていて安心なのだが、本来ならあるはずの姿が見えないのだ。

「あの、おじい様とお義父さんの姿がまだ……。それにおばあ様も」

「ああ、それは大丈夫だよ。あ、ほら」

雅嗣が指を差した方を向くと、祖母に率いられて祖父と義父、それに博嗣が居間に入って来るところだった。

「おお！　弥尋君！」

弥尋を見つけた義父が満面の笑みで駆け寄ろうとするが、

「清蔵？」

祖母の静かな声に義父は笑い顔のまま固まり、ぎこちなく片手を上げるだけに留まった。祖父の方はそんな息子を見て「間抜け」と言っているように口の動きが見えたのだが、真実は定かではない。

唯一わかったのは、いつの時代でも幾つになっても母は子より強いということだ。

今度こそ勢揃いしたところで改めて進行役を買って出た雅嗣が両家を前にして挨拶の言葉を述べた。

「今日はご足労いただきありがとうございます。三木隆嗣と弥尋君、旧姓本川弥尋君が縁あって養子縁組——婚姻を結んだことで三木家と本川家にもご縁が出来ました。縁組から日を空けてしまいましたが、本日ようやく両家で顔合わせをする機会を得ることが出来ました。堅苦しい家同士のあれこれはこの際横に置きまして、せっかくの縁続き、二人を見守る同士として親しく出来ればと思い、場を設けさせていただいています。簡単に言うと、仲良くしましょうねという場でもありますので、会食しながらお互いに交流を深められたらと思っています。ということで、隆嗣、弥尋君。お互いの家族を紹介してくれないかな」

　本来ならもっと生真面目で礼節に則った堅苦しい言い回しをするところ、敢えて柔らかく言い換えた雅嗣の挨拶は、緊張が抜けきれない本川家のためのアドリブだろう。

「では私から」

　三木が祖父母、両親、兄と優斗、弟夫婦の簡単な紹介をし、すぐ後に弥尋が同じように両親と兄二人の紹介をした。

（仕事とかは簡単に伝えただけだけどいいよね。詳しいのはたぶんもう知ってるだろうし）

　三木の祖父母や両親にとって家族の勤務先などは既に把握済みだが、形式上の紹介という形があった方が本川の家族の方が気にしないでいられるだろうという配慮のような気がする。

　事実、三木の両親に挨拶をしないままでいいのかを気にしていたところがあったので、顔合わせの場を提案して貰えて非常に助かったのだ。

　志津の運転手という言葉には義父が目を輝かせていたので、もしかすると車や運転が好きなのかもしれない。祖父宅の運転手の森脇（もりわき）が来ていれば、兄と話も合いそうだ。

　実則のジムのインストラクターという話に目をキラキラさせたのは子供たちだったが、それ以上に沢井と義母が興味深そうだったので、食事の合間に話し掛けられそうな気がする。

（芽衣子さんがジムの会員だったから、もしかしたらお義母さんも会員だった可能性もあるか）

結婚前の三木芽衣子が母親と一緒にジムに通うのはそう不自然ではない。

ふむふむと頷きながら家族たちの反応を見ていた弥尋は、足元からの視線を感じて下を向いた。

そっくりな顔の子供が二人、弥尋をじっと見上げている。

「こんにちは」

「……こんにちは。やひろくん？」

「うん、弥尋君です」

「あのね、ぼくは朱里」

「ぼくは紘務」

後ろで手を組んでもじもじして話し掛けて来たのは博嗣のところの双子だった。家族たちの紹介が終わるのを見計らって家政婦が連れて来てくれたようだ。

そんな弥尋と双子を見ながら、雅嗣が全員にグラスを持つように言い、弥尋と双子も配られたジュースを手にした。

ぱっと見た感じ、誰の手にもお酒らしきものがなかったので水かジュースなのだろう。

（水で乾杯なんて聞いたことないけど、よくあることなのかな）

しかし更によく見れば、祖母と祖父は湯呑を持っていた。かなりフリーダムである。

「やひろくん、かんぱい」

「あ、うん。かんぱーい」

精一杯手を伸ばす双子のグラスに自分のグラスをカチンと当てていると、

「やひろくん、ぼくもかんぱいする」

グラスを両手で抱えた優斗もやって来た。

「そうだね。全員で乾杯しようか」

「うん」

「うん！」

「する！」

弥尋が膝を付いてグラスを差し出すと、さっき会わせた双子も優斗と一緒になってカチンカチンとグラスを合わせた。それから双子と優斗も交互に音を重ねる。

「なんだか大人になったみたいだね」

「うん。ぼくたちも大人の仲間入り」

「やひろくんもおとな？」

「俺は……どうだろう？　大人なのかなあ？」

一応成人年齢には達しているが、果たして大人なのかどうかと尋ねられれば自分はまだまだ子供なのではないかと思う。

三木や両親、義両親たちのような決断力や判断力はまだないし、そもそも三木と結婚しても扶養されている感が否めない。

「あれ……俺ってもしかして単なる扶養家族……？」

それはもしかしなくても三木の伴侶というアイデンティティの危機なのでは？

「やひろくん、だいじょうぶ？」

「やひろくん、病気なのかも」

「ぼく、おかあさん呼んでくるね」

膝を付いたままガックリ項垂れる弥尋の様子に慌てたのは子供たちで、優斗は弥尋の前にしゃがんで顔をじっと見つめるし、朱里は弥尋の背中をさするという優しさを見せ、紘務は大人を頼るという賢さを発揮。実に将来性有望な幼児たちである。

美人で可愛い弥尋と愛らしい三人の幼児が戯れている光景は周りの大人たちにとっては和みしか与えず、打ちひしがれている弥尋に気がついたのは、弥尋の両親と話をしていた三木だった。

「どうかしたのか、弥尋君」

「具合が悪いって聞いたけど大丈夫？」

三木と、同時に弥尋の側に来た沢井の二人に心配され弥尋は「あはは」と乾いた笑いを漏らした。

「具合は悪くないんで大丈夫です。ちょっと自己嫌悪に陥ってただけだから」

「自己嫌悪？」

「弥尋君に自己嫌悪するようなところがあるわけないだろう」

お分かりのように二つ目が三木の発言である。三木の台詞の中には、

（後ろ向きな発言ばかりして弥尋君に叱られている私じゃあるまいし）

という副音声が含まれているのは間違いない。

「いや、自己嫌悪は言い過ぎかもだけどちょっと自分の立ち位置というか存在意義を問われて考えさせられていたというか……」

「この短時間で一体何があったというんだ」

最愛の弥尋がほんの数分目を離した間にこれほどまでに落ち込む三木を呆れたように見やった沢井は、様子を窺っていた子供たちに指示を出した。

「ちょっと落ち着きなさいって、隆嗣さん。朱里と紘務と優斗君、三人でこの困った人たちをあっちのクッションに連れて行ってくれない？」

わかったーと元気に返事をした三人は、一人が弥尋の手を引き、残り二人が三木の背中……尻を押して、わっしょいわっしょいよっこいしょと掛け声も勇ましく、クッションに囲まれたローテーブルのある一画まで連れて行った。

「あなた方二人はしばらくそこにいなさいな。もう、主役が開始早々にリタイアしてどうするのよ」

呆れてはいるが笑い声が混じっているので、沢井も深刻に考えてはいないようだ。

何しろ絵面が可愛らしいのだ。

弥尋は優斗を膝の上に乗せて無意識に頭を撫でているし、双子はちゃっかりと弥尋と三木の間に座って、チューチューとストローでジュースを飲みながら、大好きな卵の寿司を頬張っている。

「やひろくん、ソーセージだよ」

「やひろくん、おにくのはいったピーマンたべれる？」

「おじちゃんは大人だからお魚のお寿司でいいね」

「それトロっていうお魚だよ。おじちゃんにはお茶も用意した方がいいかなあ」

優斗五歳、双子六歳。彼らに給餌されているのは十八歳と二十九歳だ。

ちなみにトロはマグロの部位であって魚の名称ではないが、お子様たちは卵やシャケ、イカやエビのように寿司の上に乗っている食べられる魚として覚えてしまっている。

「やひろくん、あーんしてね。けちゃっぷソースはおばあちゃんがつくったからすっぱくなくておいしいんだよ」

「おじちゃん、ワサビする？　お醤油だけにする？」

「おじちゃんは大人だからワサビたっぷりの方がうれしいと思うよ」

「じゃあワサビましましにしよう」

子供たちは子供たちなりに弥尋と三木に気を遣ってくれているのだが、傍から見れば二人がおままごとに付き合っているように見えなくもない。

現に、

「私もあそこに混ざりたい。隆嗣の代わりに私が収まるのはどうだろうか」

「雅嗣、早く写真を撮りなさい。いやビデオだ。ビデオカメラの方で撮影をするんだ」

「志津兄の方が性能いいスマホ持ってるだろ。ちょっと貸してくれよ、弥尋を撮るからさ」

若干三名が暴走しがちではあったが、触れてはいけないと暗黙の了解が知らない間に出来ていたため、お子様コーナーは禁則エリアに転じており、誰もが遠くから眺めるだけの憩いのコーナーになっている状態だ。

「あの人たちは放っておいてもいいわよ。観て喜んでいるだけで無害ですからね。私たちは楽しくお喋りしながら料理を食べましょう」

「お義母様の言う通り。私も腕を奮った料理を是非皆さんの食べて欲しいもの」

三木母の、「さあさあ、お好きな料理をお皿にどうぞ」の声に、弥尋の両親たちも恐る恐る皿に料理を取り分け箸をつけ……たのは母笑子だけだった。

「こ、これは……っ」

それまでひたすら大人しく影のように徹していた弥尋の父の目がカッと見開かれる。

「ど、どうしたの、お父さん」

夫の常にない様子に慌てて笑子が声を掛けるが、妻の声など耳に入っていないとばかりに弥尋父の目は皿に釘付けだ。

その様子を見た弥尋母と志津は同時に、

(あ、これ駄目なやつだ)

と思ったという。

「こ、この皿はもしかして黒瀬灰泉(くろせかいせん)先生の作品じゃありませんか?」

皿を凝視する弥尋父の手は震えていた。それに気づいた志津は迷うことなく父の手から皿を取り上げた。

なんで取り上げるんだと睨まれるも、

「落として割った時のことを考えた?」

頼りになる長男に言われてしまって、ぐうの音も出ない。触りたい、持っていない。でも落として割るなんてそんなもったいないことが出来るはずがない。

大好きな物に触れたいけれど触れると壊しそうで怖いというファン心理を、弥尋の父本川学(まなぶ)は正確になぞっていた。

普通ならここで「また父さんの陶芸愛が始まった」と思うだけで終わるところだが、今日この日の三木邸は弥尋父の言葉に反応する人が数名存在したのだ。

「あら、本川さんは陶芸家の黒瀬灰泉をご存知なのですね」

おっとりと三木祖母が驚き、

「無名に近い陶芸家なのに本当に良くご存知なのです

ね。ねえ、雅嗣」

　三木母も同様に珍しい人がいると弥尋父を凝視しながら長男を呼んだ。

「雅嗣、弥尋君のお父様が黒瀬灰泉のファンなんですって」

「えっ、ファン？」

　チラシ寿司を食べていた雅嗣は「ファン」の言葉に驚きつつ、輪の中に入って来た。

「あ、いやファンというわけでは……」

「でもお好きなのでしょう？　一目見ただけでわかるくらいですものね」

「あ、はい。黒瀬灰泉先生の作品は大好きです」

「ですって」

「参考までにどちらでお知りになったのか訊いてもいいですか？」

「いつ……いつだったか、デパートの催場で陶器展が開かれていたことがあって、その時でしたか。一目見てこれだ！　と思ったんですよ。色遣いや形、そのどれもが他の焼き物と違っていましてね、その時は小鉢だけを買って帰ったんですが、あの時にもっと買っておけばよかったと後悔していたんです」

　何しろまだ無名の陶芸家の作品だ。並べられている数も少なければ、販売数も限られている。元から陶芸好きだった弥尋父は、今回は買えなくても他の機会に別の展示場や陶芸市などで見ることもあるだろうと楽観していたのだが、まったくもって出会う機会がなく過ごしていたのだ。

「半分諦めかけていたところに、弥尋が景品だと持って帰って来ましてね」

　弥尋父はその時のことを思い出して嬉しそうに顔を綻ばせた。

「いやあ、あの時は叫びましたよ」

「そうだったわ。お父さん、いきなり大声で叫んで何事かとびっくりしたもの」

「ああ、森乃屋の景品でしょう？」

「そうそれです。弥尋が菓子を持ち帰るようになっているのは私たちも一緒に食べていたから知ってはいたんですが、まさか景品に黒瀬灰泉先生の皿があるなんて思わないじゃないですか」

「その後からお父さんったら、弥尋のお小遣いを増額して、森乃屋さんに通うのを催促するまでになったんですよ。おかげで私も美味しいお菓子を飽きずに食べることが出来て嬉しかったんですけどねえ」

その時に食べ過ぎて少々お腹周りがふくよかになったのは誤算だったが、甘いものに罪はないため、後悔はしていない。大丈夫、まだまだ痩せるのを諦める年齢ではない、はずだ。

「うちには今、景品で集めた黒瀬灰泉先生の皿が八枚あります。そして近日中に九枚目も手に入る予定です」

弥尋父は胸を張った。

弥尋母は少し恥ずかしかった。

「そんなにお好き？」

「はい、それはもう」

「ですってよ、雅嗣」

三木母に脇腹を小突かれた雅嗣は照れくさそうに首の後ろに手を当てた。

弥尋が会った時には和服が多い雅嗣だが、今日は動きやすさ重視で薄手の長袖シャツとスラックスでまとめている。小さな子供たちが動き回るので、その対策だろう。仕事中は銀縁の眼鏡もオフモードの今日はモスグリーンのセルフレームでカジュアルだ。

「ええとですね」

いつもはハキハキとしている副社長な雅嗣も、今日は普通の青年らしい。

「もし黒瀬灰泉の作品が好きなら見せたいものがあるんですが、どうですか？」

「それは、もしや……」

「ええ。うちにはいくつも黒瀬灰泉の作品があるので、もしよろしければご覧いただきたいと思いまして」

「見ます！」

いつぞやの弥尋のような反応の良さで、弥尋父は即答した。

「そう言えば、弥尋の新居祝いに頂いたのも黒瀬灰泉先生の皿時計でしたよね」

「さすが覚えてらっしゃる」

「もちろんですとも！　皿や小鉢は探せばあるかもしれませんが、皿時計は普通に探してもなかなか良いものは見つけられません。それが黒瀬灰泉先生の作品ともなれば希少価値は計り知れません」

「そこまでお好きなんですねえ」

「よかったわね、雅嗣」

弥尋母は夫の熱弁に若干引き気味だが、三木母と祖母は「うんうん」と頷いている。

「雅嗣、先にお見せして来たらどう？　料理は十分に作っているから先に作品を見ていただいてからでもお腹に入れられるわよ」

「そうですね。そうします。お母様はどうしますか？」

雅嗣と弥尋父は黒瀬灰泉の作品を集めた部屋に行くらしく、弥尋母にも同行するかを尋ねたが、弥尋母はやんわりと首を振った。

「私はこちらでお料理を食べさせていただいています。もう、どれも美味しくて。さっきから少しづつ食べているんですけど、飽きが来ないお味だから何度でもお箸を伸ばしてしまうんですよ」

弥尋の言う通り、横にゴムの入ったワイドパンツを履いて来てよかったわ――笑子の内心の声である。

「食べて貰うために作ったからどんどん食べてください。作ったのはほとんど母なので、コツを聞いてみてはどうですか？」

「いいのかしら？　秘伝の味つけだったりしません？」

弥尋母が三木母に伺うと、にっこりと微笑みかけられた。

「お菓子の方は秘伝のものがありますけど、今日お出ししたのはすべて家庭料理ですから特別なレシピでも何でもないんですよ」

「特別じゃないのならそれはそれで凄いですわ。弥尋も是非鍛えてやってください」

「そうさせていただくつもりです。弥尋君も今度一緒にお料理をする約束をしているんです」

「まあまあ！　それは是非ともご教授お願いします。三木さんの……隆嗣さんの食生活を満足させる使命にも燃えているようなので鍛えてくださいな」

母親二人が料理の話で盛り上がっている間に、雅嗣は弥尋父を連れて二階の陶芸部屋へ案内した。ここには黒瀬灰泉の作品が沢山並べられているコレクションルームで、中に一歩入った弥尋父が歓喜のあまり一瞬意識を喪失しそうになったのは雅嗣と弥尋父だけの秘密である。

祖母の方はマイペースに食事を摂りながら、沢井と一緒に子供たち＋三木と弥尋の様子を見つつ、ひとりゆったりとした時間を過ごしていた。

（一人くらいは全体を見回せる人がいないといけないものねえ）

幸い、沢井がいるので十分にカバーは出来ている。

その祖母が見る先では、弥尋のことで意気投合した祖父光利と三木父の清蔵、弥尋兄の実則が話に花を咲かせている。

普段なら弥尋のところにすっ飛んでいきそうな三人組はお子様ガードを崩してまで弥尋に近づく気はないようで、理性が仕事をしてくれていることにホッとした。

そんな祖母咲子の隣に並んだのは志津だった。

「あら」

「お久しぶりでございます、大奥様」

「いやだわ、あなたも弥尋君のようにおばあ様って呼んでくださっていいのよ」

「さすがにそれは……」

「せっかく親戚付き合いが出来るようになったのですもの。私としてはあなたももうお一人の実則さんも弥尋君と同じく孫のようなものですよ」

「そう言っていただけて嬉しいのですが、どうにも遠慮の方が先に立ってしまうので」

「でも驚いたわ。まさか弥尋君のお兄様が志津さんだったなんて」

「私もです。弥尋と三木さん……隆嗣さんのことを聞いた時にまさかとは思っていたんですが、森乃屋のことがあったので三木屋様の関係者だろうと覚悟はしておりました」

「覚悟だなんて、志津さんも言うようになりましたねえ。森脇と一緒に門倉に鍛えられて辛そうにしていたのが嘘みたいですよ」

うふふと上品に祖母は笑った。

「門倉さんはお元気ですか？」

「ええ。今日は本邸で留守をしているの。森脇は連れて来ているのだけれど、もうお会いになった？」

「いえ、まだです。こちらに来てすぐにこの部屋に通されましたので」

「あらそうなの。じゃあ会ってらっしゃいな。食堂にいなければ、控えの部屋にいるはずです」

「場を離れても大丈夫でしょうか？」

「構いませんよ。皆さん好きになさっているのだし、雅嗣と本川さんは焼き物を見に行っているし、顔合わせは済ませたのだから好きになさっても大丈夫ですよ。でも」

と祖母は考える素振りを見せた後、皿を一つ取って志津に渡し、自分は箸を使ってその上に料理を取り分けて乗せた。

「はい。これを森脇に持って行ってくださいな」

「大奥様」

志津は苦笑した。この場を離れる口実を祖母自らが与えたことで、格段に精神的なハードルが低くなったからだ。

こういう細かな気配りや機転の利かせ方はさすが良家の奥様だと思う。

志津が秘書室を辞めて運転手になると決めた時、それなら訓練して鍛えて貰えと志津の社長に放り込まれたのが三木家で、既に運転手を引退して家令として働き始めていた門倉の下、同じように運転手として三木家で勤務し始めた森脇と二人して技術や心得を叩き込まれたのだ。

それを見守ってくれていたのが祖母咲子(さきこ)で、森脇同様、可愛がってもらった。

教習が終わって合格点を貰い、三木家との縁が切れた後も、社長の出る会合で三木の祖父母とは顔を合わせる機会はあったが、その祖母とまさかこんな風に言葉を交わす機会が訪れようとは、思いもしなかった志津である。


大皿を乗せて廊下を歩きながら食堂へ行くと、家政夫から玄関近くの控室にいると言われて案内してもらい、そこで仕事としてではない素の本川志津として森脇と再会、二人してこの偶然に驚きつつ、今後も末永くよろしくと、ジュースを手に乾杯するのだった。


そして弥尋と三木であるが、アニマルセラピーならぬ幼児セラピーにより、何とか立ち直りつつあった。

「やひろくん、げんきでた？　うなぎたべる？　ほねはとったほうがいい？」

「鰻は食べたいな。骨は取らなくて平気だよ。弥尋君は大人だからね」

「すごい、ぼくはおとうさんにほねをとってからたべさせてもらうの」

「ぼくも骨はだめだって言われる」

「だからお父さんがおかしで骨を作ってくれるんだよ」

「え、その骨のお菓子、俺も食べてみたいんですけど！　隆嗣さん、知ってる？　博嗣さんが作る骨のお菓子」

「いや、私は知らない。家だけで作ってるんじゃないのか？」

「勿体ない！　是非、ワンワンの日やニャンニャンの日限定で出して貰いたいです。魚の骨の形でもいいし、アニメ出て来る大腿骨みたいな骨でもいいし」

「だいたいこつってなあに？」

「ほねの名前？」

「僕、ろっこつとあばらは知ってるよ」

「大腿骨（だいたいこつ）っていうのは足の太股のところにある骨でね、ええと隆嗣さん、ちょっと足触るね」

弥尋は胡坐をかいて座る三木の太股の膝上から股関節に向けてをスゥッと手のひらでなぞった。

「俺が今なぞったところが大腿骨ね。脚の上の方の骨だよ」

「ぼく見てなかった！　もっぺん、もっぺんどこか教えて！」

「ん？　もう一度するね。ここから」

と弥尋が膝の上を指でちょんと突き、それから人差し指を立ててそのままツーッと足の付け根まで動かす。

「っ、弥尋君……そこは」

三木がぴくっとなって何やら呟いているが、弥尋は気にせず、今度は子供たちの手を取って順に骨の場所を説明し始めた。

「や、弥尋君……っ」

そして三木は悶える。悶えを我慢する。

「ついでにさっき紘務君が言った肋骨とアバラは同じもののことなんだよ。この辺ね」

と言いながら、三木の胸の上を指でなぞる。

「弥尋君、君はどこまで私を焦らすんだ……」

「ろっこつとあばらっておんなじなの？」

「そう。でも、どうして別々の呼び方するのか弥尋君にはわからないので、知りたくなったらお父さんとかおじいさんたちに聞くといいよ」

必殺技、丸投げを発動した弥尋は、自分にぺったりくっつく子供たちを抱き寄せてご機嫌だ。

思わぬ箇所の思わぬ刺激に反応し掛けた三木は、根性でそれを押しとどめた。弥尋だけならまだしも、子供たちがいる中で勃起させてはただの変質者である。

そんな苦行を強いられている三木に、弥尋は明るく笑いかけた。

「さっきはごめんね。心配したんでしょう？　俺が落ち込んでいたから」

「ん、ああ、そうなんだが、何か原因があったのか？」

「原因というか、単なる自己嫌悪だったから。もう解決したけど」

「？　そうなのか？　それならよかったが……もし私に対する不満や不安なら遠慮しないで言って欲しい」

「大丈夫。隆嗣さんに不満も不安もないから。それだけは安心して。あのね」

弥尋は優斗を膝の上に乗せたまま、三木の耳に囁いた。

「俺、ちゃんと隆嗣さんの奥さんしてないんじゃないかなって思っちゃって」

「それはない。弥尋君以上に私を支えてくれる伴侶はいない」

「うん。それはわかってるんだけど。でもさっきから三木さんの家族とか俺の家族とか見てて思ったんだ。無理矢理何かをしようとするんじゃなくて、自然に夫婦になって、家族になっていくんだなあって」

「私たちもそうだろう？」

「うん。そうなんだよね。俺が隆嗣さんを好きで、隆嗣さんも俺を好き。これでいいじゃないかって」

弥尋はそういうと三木の唇に素早くキスをした。

きゃあ、ちゅーした、やひろくんがちゅーしたという可愛らしい歓声も、今の弥尋にとっては祝福の声にしか聞こえない。

「隆嗣さん、これからも俺をよろしくお願いします」

三つ指をついて挨拶をしたいところだが、膝の上は双方子供たちに占領されていてままならない。

「私の方こそ、不甲斐ない夫かもしれないが末永くよろしくお願いします」

二人揃って頭を下げた。

当然至近距離で同じタイミングで下げたので、ゴチンという派手な音が聞こえたが、それすらも今は笑いの種である。


家族揃っての初顔合わせ。

両家揃って末永くよろしくお願いしますと、心から願わずにはいられない。

あとがき

拝啓、僕の旦那様四巻をご購入ありがとうございます。朝霞月子です。

今回は「はじめて日記」ということで弥尋君の初めてのイロイロをお届けさせていただきました。併せて書下ろし番外編では本川家と三木家の家族一同の初顔合わせということでこちらも初めてを絡めたお話になります。前回は三木の妹の芽衣子の赤ちゃんが出て来て愛らしさ爆発させていましたが、今回も本編と番外編で幼児が可愛さの嵩増しをおこなっていますのでお楽しみください。

挿絵にも続々と登場人物たちが素敵に出て来ていますので、いつか両家揃っての見開き家族写真風イラストがあればなあと思っているところです。発行は冬ですが話的には夏なので明るいカバーと萌え間違いなしの口絵などで一足先に夏を体験してください。

番外編にもチラチラ書いていますが次作以降のどこかで温泉編を入れたいです。つまりは温泉取材に出掛けるチャンス！

次巻はまたもや危ない弥尋君!?　をお届け予定です。

【弥尋の日記】

日傘男子ってどう思う？　今まで使わないでも大丈夫と思っていたんだけど、昨今の夏の暑さや陽射しの強さを考えると、日傘があった方が便利じゃないかなって思うようになったんだ。だって、もう朝から日差しがきつくって、陰のあるところを探して歩かなきゃいけないだよ。自前で陰を作れる日傘最強だって思うよね？　だから外を歩いている時なんかにみんながどんな日傘を差してるのか気になって眺めてたんだけど、男で日傘を差してる人が滅多にいない悲劇！　帽子じゃ無理だよ！　麦わら帽子くらいツバが広いのじゃないと絶対に無理だって。人間は歩く生き物だからね。歩き先に陰がないと暑いのは変わらないからね。

外を歩いている人たちを眺めてて思ったんだけど意外と日傘の色は黒が多いんだね。白の方が涼し気でいいと思ってたんだけど、UVカットの比率とか考えたら黒の方が効果あるとかなんとか。俺の中では黒は熱を吸収するから絶対に避けたい色だったんだけど、みんなが黒なら黒の方がいいのかなあ。

でもやっぱり白がいいと思う訳ですよ。こういうのは重さとか色合いとか模様とかあるから、今度隆嗣さんと一緒に日傘を見に行ってみようかな。そしていいのがあったら買おう。

あ、でも俺が日傘差してたら隣にくっついて歩きにくい……それはそれで嫌だなあ。

【三木(みき)の日記】

最近、外出する時に弥尋君の目があっちへフラフラこっちへキョロキョロと挙動不審極まりない。弥尋君に気づかれないようにそっと様子を窺っていると、夏の涼し気な格好をした女性ばかりを見ていることに気づいてしまった……！　まさか、まさか弥尋君、私ではない他の人に目移りしてしまったというのか？　いや、誰か特定の人というより女性の方がいいと思うようになってしまったのだろうか？

確かに夏だからか露出の多い服を着ている若い女性が多い。反面、日除け対策で全身を覆っている女性もいて、弥尋君の好みがどちらに寄っているのか判断しづらいのが現状だ。

いやいや、そんな現状だ……ではない。弥尋君が私以外の誰かを見つめる——そんな想像をするだけで私の体は灼熱の嫉妬の炎で燃えてしまいそうだ。最近体を熱く感じるのは、おそらくそのせいだろう。弥尋君への恋心と嫉妬心が私を燃えさせるのだ。

ん？　白と黒とどちらが好きかって？　弥尋君には清純な白がぴったりだと思うが、白い肌に張り付く黒い下着も悪くない気がする。よし、今度弥尋君と買い物に出掛けた時に、白い下着と黒い下着とどちらがいいかを聞いて買ってみよう。

ん？　私に熱があるって？　そうだな弥尋君への愛……熱中症!?　いやいやそんなまさか……。

初出

拝啓、僕の旦那様　―溺愛夫と幼妻のはじめて日記―
（商業未発表作品「Hello! Darling! vol.4」（2008年）を加筆修正）

おつかい弥尋君
（商業未発表作品「Hello! Darling! vol.4」（2008年）を加筆修正）

ライバル
（商業未発表作品「Hello! Darling! vol.4」（2008年）を加筆修正）

ヤヒロクン
（商業未発表作品「Hello! Darling! vol.4」（2008年）を加筆修正）

レストR 五〇三号室
（商業未発表作品「Hello! Darling! vol.3」（2008年）を加筆修正）

レストR 五〇三号室 2
（商業未発表作品「Hello! Darling! extra」（2009年）を加筆修正）

レストR 五〇三号室 3
（商業未発表作品「Hello! Darling! extra」（2009年）を加筆修正）

弥尋君レベル2
（商業未発表作品「Hello! Darling! extra」（2009年）を加筆修正）

初顔合わせ
（書き下ろし）

拝啓、僕の旦那様 —溺愛夫と幼妻のはじめて日記—

2024年2月29日　第1刷発行

著　者　朝霞月子（あさか つきこ）

イラスト　蓮川 愛（はすかわ あい）

発行人　石原正康

発行元　株式会社 幻冬舎コミックス
〒151-0051　東京都渋谷区千駄ヶ谷 4-9-7
電話 03(5411)6431（編集）

発売元　株式会社 幻冬舎
〒151-0051　東京都渋谷区千駄ヶ谷 4-9-7
電話 03(5411)6222（営業）
振替　00120-8-767643

デザイン　小菅ひとみ（CoCo.Design）

印刷・製本所　株式会社光邦

検印廃止